2024年版

夏井いつきの365日季語手帖

夏井いつき著

はじめに

「毎日一季語」を知り、「毎日一句」を味わい、
詠んだ俳句を「投句」できる一冊を！
俳句のある毎日をおくりたい人たちのための
『365日季語手帖』も八冊目となりました。
2024年版へは、14523句の投句がありました。
暦の俳句としては127句が採用されました。
巻末でも、「秀作」「佳作」および、入選に「もう一歩」だった
俳句を掲載しております。

［本著の特徴］
1 毎日一つずつ、季語を知ることができます。
2 毎日その季語を使った名句を鑑賞できます。
3 その週の季語を使った俳句を、毎週一句書き込めます。

4 自分の句を232ページの要項に沿って、郵便ハガキで投句できます。

これからも引き続き、投句を募集していきます。
2025年版の暦に採用されるのは、
あなたの俳句かもしれません。
今年から始めてみようという方も、毎年チャレンジされている方も、
ご一緒に俳句のある毎日を楽しんでまいりましょう！

※紹介した俳句の中には、複数の表記が存在するものがあります。
掲載の季語は、参考文献の表記を採用しています。
※参考文献は、234ページを参照してください。
※原則として、俳句にルビはふっていません。

本書の使い方

本書は、読者のみなさんに楽しく俳句を作る練習をしていただく一冊です。学んだ季語を使って、毎日俳句を作ってみましょう。

月日を示すアイコンには、月の満ち欠けを用いています。

季語の分類を示し、解説をしています。

1/12

独楽《こま》

ひかりからかたちにもどる独楽ひとつ

神野紗希

人事

正月の遊び。様々な遊び方があり種類も数多い。

子供たちが遊ぶ声に近づいていくと、きらきらとひかりの渦が回っている。美しいひかりは、少しずつ速度を落としていき、やがては形を取り戻していった。独楽であったのか。

14

1/13

寒の雨《かんのあめ》

象の背の上の現世や寒の雨

高野ムツオ

天文

寒中に降る雨。九日目の寒九の雨は豊作の兆。

古代インドの宇宙観なるものを模型で見たことがある。人間の住む大地が「象の背」に支えられていた、と考えていた当時に思いを馳せる。現世に降る雨は冷たく、雪になりそうな寒さだ。

紹介した俳句の鑑賞をしています。

紹介した季語を使った俳句を掲載しています。

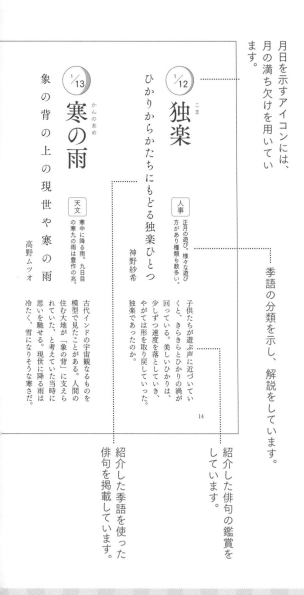

1/14

餅花《もちばな》

特選

餅花や一度触れれば気の済みて

富山の露玉

人事

枝に紅白の餅をつけた小正月の飾り木。

小さな餅や団子を花のようにつけていて可愛らしい餅花。腕に抱いた子供が、触りたいと駄々をこね始めた。仕方なく触らせてみると、どうやら一度で気が済んだようだ。ほっと息をつく。

一月

今週学んだ季語を使って一句！

一言アドバイス

一音程度の字余り字足らずは気にせず、とにかく一句！

15

投句いただいた俳句の中から、2024年版に暦の俳句として採用された優秀句には、「特選」マークをつけています。

一週間ごとに、作った俳句を書き込めるメモ欄を設けています。

3ヶ月ごとに、複数の俳句を実作できる練習ページがあります。

一月～三月のまとめ

この3ヶ月間で、俳句は何句できましたか？　楽しみながら、実作していますか？　このページにこれまで作ってきた句を、一句一句丁寧に清書してみましょう。そして、自分がうまく詠めたと思った句に〇印を付けて、投句の準備を進めていきましょう。

60

俳句は、実際に作ってみることが何よりも大切。
覚えた季語はすぐに使って、
自分のストックにしていきましょう。

夏井いつきの365日季語手帖◉目次

一月の季語

1/1 祝

年明《としあく》く

時候

新しい年が始まること。新年になること。

歳明くる濤音国の四方つゝむ

長谷川素逝

島国、日本へと押し寄せる濤《なみ》が轟く。新しい年を告げる、誇らかに明るく響く濤音《なみおと》が、小さくも美しい国の四方《よも》をつつんでいく。砕ける飛沫が光の粒を散らしている。

1/2

買初《かいぞめ》

人事

正月二日「初売」に、初めての買い物をする。

特選

買初はパジャマ点滴引き連れて

正林洋一

入院中にも物は入り用だ。点滴を引いて売店へ歩く。カラカラと車輪が廊下を滑る。パジャマの裾がぴらぴらしてなんとも頼りない気分だ。こんな買初があってもいいものではないか。

1/3

御慶《ぎょけい》

人事

元日から三日までに新年の賀詞を交わすこと。

特選

飛行士の一回転の御慶かな　宥光

御慶の挨拶も飛行士ともなればモノが違う。挨拶かたがた、日々の仕事ぶりを語る口の闊達なこと。空を一回転翻《ひるがえ》るくだりには身をよじったりして。なんとも賑やかな御慶であるよ。

1/4

初神籤《はつみくじ》

人事

新年初めて社寺に詣で、お神籤を引くこと。

風孕むままに渡され初神籤　阪西敦子

初詣の喧噪にお神籤を引く。「今年も小吉……」「私、大吉！」と、賑やかな声と共に回し読みが始まる。ふわりと風を孕んで渡された神籤には、さて、何と書いてあるのだろう。

1/5

お年玉《おとしだま》

幸せを疑つてゐるお年玉

北大路翼

人事

新年の贈答品から、子供への小遣いの意味に。

子供たちにとって、お年玉は年に一度の楽しみだ。お年玉をもらって喜ぶ姿を愉快に愛しく眺めつつ、一年の幸せを疑いもしていなかった、純粋だったあの頃の自分を思い出す。

1/6

太箸《ふとばし》

太箸や年々痩せる老の腕

内藤鳴雪

人事

正月の膳に用いる太く作った白木の箸。

また痩せたなあ、と眺める。一年に一度か二度顔を合わせるばかりの両親は、それでも賑やかな正月の膳を整える。太箸を持つ指も、その先に続く腕も骨ばって細い。

1/7

人日《じんじつ》

時候

一月七日。七種粥を食べる風習がある。

人日の疑ひもなき日本晴

星野高士

人日は元々中国の古い習俗で、七日に人を占う日だという。そんな今日、天には雲の欠片もなく、見事な日本晴れだ。良き一年の暗示に相違ない。心も晴れ晴れとしてきたよ。

今週学んだ季語を使って一句！

一言アドバイス

五七五の間を空けず、縦書きにするのが基本の表記。

1/8 祝

ぽっぺん

ぽっぺんに木履おもたき歩みかな

高橋淡路女

人事

薄い吹きガラスで作った玩具。

重たく感じる木履《ぽくり》は女児のぽっくり下駄だろうか。和装の晴れ着を着て、ぽっぺんを吹きながらゆるゆる歩く。息を入れて「ポッ」、離すと「ペン」の音に夢中のようだ。

1/9

縫初《ぬいぞめ》

縫ひ初めの楽屋朝日は母にさす

梅沢富美男

人事

新年に初めて針を持って布を縫うこと。

お客様から頂いた反物を前夜から縫い続けて、新年の舞台に間に合わせてくれた母を詠んだ、とは作者自身の弁。心を込めて衣装を仕上げていく母に、清らかな朝日がさしている。

1/10

今年《ことし》

時候

新しく迎えた年。新年への感慨がこめられる。

一切を過去に投じて今年あり

富安風生

人生の一切をなくしてしまうことなんてできようはずもないが、ひとまずは、私を形作ったものを全て、過去に投じてしまおう、と思う。だって新しい今年の始まりなのだから。

1/11

初暦《はつごよみ》

人事

新年初めて暦を使うこと。また、その暦。

特選

初暦軍歌のような社歌でした

吉野川

新しい暦をめくりつつ、会社員であったあの頃を思い出した。社歌はまだ脳裏にしみついている。軍歌めいた勇ましい響きをリフレインさせつつ、戦いの日々であったあの頃を懐かしむ。

1/12

独楽《こま》

ひかりからかたちにもどる独楽ひとつ

神野紗希

人事

正月の遊び。様々な遊び方があり種類も数多い。

子供たちが遊ぶ声に近づいていくと、きらきらとひかりの渦が回っている。美しいひかりは、少しずつ速度を落としていき、やがては形を取り戻していった。独楽であったのか。

1/13

寒の雨《かんのあめ》

象の背の上の現世や寒の雨

高野ムツオ

天文

寒中に降る雨。九日目の寒九の雨は豊作の兆。

古代インドの宇宙観なるものを模型で見たことがある。人間の住む大地が「象の背」に支えられていた、と考えていた当時に思いを馳せる。現世に降る雨は冷たく、雪になりそうな寒さだ。

1/14

餅花《もちばな》

人事

枝に紅白の餅をつけた小正月の飾り木。

特選

餅花や一度触れれば気の済みて

富山の露玉

小さな餅や団子を花のようにつけていて可愛らしい餅花。腕に抱いた子供が、触りたいと駄々をこね始めた。仕方なく触らせてみると、どうやら一度で気が済んだようだ。ほっと息をつく。

今週学んだ季語を使って一句！

一言アドバイス

一音程度の字余り字足らずは気にせず、とにかく一句！

1/15

寒釣《かんづり》

人事

寒中の釣り。魚は動きが鈍っている。

寒釣や世に背きたる脊を向けて

吉屋信子

痺れるような寒さの中、糸を垂らしている。世俗に背を向けて背を丸めながら釣る自分も、そこに潜む魚も、どこか似ているなと思う。ただ、微かな兆しを掬い上げる瞬間を待っている。

1/16

熱燗《あつかん》

人事

酒の燗を特に熱くすること。その酒。

熱燗の夫にも捨てし夢あらむ

西村和子

夫はあまり自分のことを語らない。熱燗を手に物思わしげな夫は、かつて捨てた夢を酔眼に見ているのだろうか。長年連れ添った夫の過去の夢に思いを馳せる夜。燗を少し熱くしよう。

1/17

初硯《はつすずり》

人事

新年初めて字を書くために硯を使うこと。

特選

みづ張りて山河生まるる初硯

坐花酔月

硯のすべらかな肌に水を垂らす。透明な水はゆっくりと硯を下り、海を満たす。硯の海に対して、陸《おか》は山のようだ。硯に生まれた清らかな山河。厳かに、新年最初の墨を擦り始める。

1/18

月氷る《つきこおる》

天文地理

寒々と冴えて、氷ったような冬の月。

口笛を吹きそうな魚月氷る

都築まとむ

魚の口の奇妙な形が気にかかる。口笛を吹きそうな形だなと思う。自らの唇で同じ形を作ってみる。すぼめて突き出した分、唇が寒い。月が氷のように冴え冴えと魚身を光らせている。

1/19

特選

寒暁《かんぎょう》

カラオケはお開き寒暁の銀座

京舟丸

時候

冬において、最も冷え込む明け方から朝。

カラオケがお開きとなると、外は明け方だった。きゅーっと締め付けるような寒さが疲れた肌を刺す。一日が動き出す前の銀座を「じゃあ」と言い合い、寒の暁へと散らばっていく。

1/20

特選

雪礫《ゆきつぶて》

笑い方わからず雪礫が痛い

次郎の飼い主

人事

雪合戦などで、雪を握り固めて丸くしたもの。

雪礫が飛び交う雪合戦。みんなこんなに楽しそうにしているのに、私はなんて場違いなのだろう。ただ雪礫が痛いだけで、笑い方がわからない。そんな自分が嫌いで、さらに痛い。

1/21

スキー

簡単にスキーに行くと言はれても
稲畑汀子

人事

元は、北欧で交通手段として発達した。

ちょっと待ってよ、と戸惑う。あなたはスキー慣れしてるんだろうけど、私はスキーウェアさえ持ってないのよ。抗議の言葉は出てくるけど、ワクワクしてる姿に水も差しにくくて。

今週学んだ季語を使って一句！

一言アドバイス

五音のフレーズを三つ探そう！

1/22

雪兎《ゆきうさぎ》

負け犬と呼ばれ雪兎を作る

家藤正人

人事

雪を固めて兎の形にし盆などにのせたもの。

負け犬と呼ばれ、雪を握るが、固い雪礫にはせず、兎らしい楕円にする。耳にちょうど良い葉を差してやろう。雪兎の仕上げに赤い実を二つ灯すのは、負け犬と呼ばれた優しい指だ。

1/23

寒菊《かんぎく》

寒菊の一輪に床決りたり

石塚友二

植物

冬になって咲く菊。花も葉も小さい。

遅咲きの寒菊のさりげなさを求める。小振りながら明るい黄色の花。真っ直ぐな強い茎の緑と控えめに手を広げる葉。床の侘しさを彩る主として、寒菊の一輪が冴え冴えと据わっている。

1/24

雪晴《ゆきばれ》

天文

雪のやんだ後の、まばゆいばかりの晴天。

雪晴や雨垂れの音皆ちがふ

田村木国

陽の粒が軒から雪だった水を滴らせる。あっちにぽとん。こっちにぴちょん。高さや、落ちた場所や、ささやかな音の違いを耳は聡く楽しむ。軒の先には雪晴の青空が眩しい。

1/25

胼《ひび》

人事

寒さや乾燥で手足に生じる亀裂のこと。

特選

朝刊のインク沁み入る示指の胼

竹内一二

示指の胼に薄黒く染み入っているのは朝刊のインクだ。毎朝必ず捲る新聞。読みふける間、示指はインクが沁み入らんばかりに新聞を支える。長年の付き合いになる胼はざらりと硬い。

1/26

吹雪《ふぶき》

知らない町の吹雪のなかは知っている

佐藤文香

天文

降雪に激しい風が伴ったもの。歩くのも困難。

知らない町で、吹雪に見舞われてしまった。目的地も分からず、雪にもみくちゃになりながら、前に進むこともできない。知らない町で知っているのは、この吹雪の中だけだ。

1/27

寒夕焼《かんゆうやけ》

特選

思い出を芥と知る日の寒夕焼

松本仁亜

天文

冬の夕焼であるが、寒中の感がある。

愛しい記憶も、大切な物も、思い出なんてごみみたいなものだ、と知った日。そんな寒々とした心に寄り添う寒夕焼。暗く濃い影を残しつつも、鮮やかに灯るような優しい色だ。

1/28

寒稽古《かんげいこ》

人事

寒中、厳しい稽古に励むこと。心身の鍛錬。

特選

本番の襷をかける寒稽古

大野ひろし

今日は本番の襷かけるぞ、気合い入れろよ！　なんて声が飛んでいるのだろう。襷とくれば駅伝か。名門校ともなればその重みは如何ばかり。寒稽古に臨む肉体は既に温まっている。

今週学んだ季語を使って一句！

一言アドバイス

七音のフレーズを三つ探そう！

1/29

日脚伸《ひあしの》ぶ

時候

冬至を過ぎると、日毎に日照時間が延びる。

日脚伸ぶ重い元素と軽い元素

田中裕明

「重い元素と軽い元素」となると原子番号を持つ元素を思うが、万物の根源をなすという土・水・火・空気もまた元素である。太陽は、この世に存在する全てのものを平等に照らすのだ。

1/30

虎落笛《もがりぶえ》

天文

寒風が棚や電線に当たり鳴る笛のような音。

特選

市役所の夜間入口虎落笛

幸田梓弓

市役所には休日や夜間用の窓口がある。出生届、婚姻届、死亡届などを受け付けるためだ。無機質な暗い入口に今日何が届けられるのであろう。虎落笛が暗く不吉な音をたてている。

1/31

雪見《ゆきみ》

人事

雪景色を眺めて愛でること。宴を催すことも。

特選

王将の離席雪見となりにけり　　そまり

第72期王将戦の第三局は、藤井聡太王将にとって家族旅行以来の金沢。対局の開始前から窓の外の粉雪へ再三視線を送っていたという。王将が離席の間、対戦の座敷はしばし雪見となる。

今月、一番気に入った季語を使ってもう一句！

一言アドバイス

「俳句のタネ」に似合った「五音の季語」を探してみよう。

二月の季語

2/1

凍滝《いてたき》

地理

氷結した滝。美しさと強さ、淋しさがある。

龍尾触れたか凍滝の崩れ落つ　渡辺瀑

凍滝が何の前触れもなく突然崩れ落ちた一瞬、龍の尾が触れたのだ、と啓示が閃いた。氷の鱗を燦めかせ、冬雲へ昇り行く龍の姿がリアルに想像できたのは、凍滝の荘厳さゆえか。

2/2

霧氷《むひょう》

天文

樹木の表面に水滴が凍結してできる氷層。

霧氷ならざるは吾のみ佇みぬ　稲畑汀子

びっしりと霧氷に覆われて白い巨人の如くそびえ立つ樹々。ただならぬ静けさの中、お前は何者だ、と問われているようでもある。生きることの孤独に戦《おのの》きつつ、ただ吾だけが佇《たたず》んでいる。

2/3

柊挿す《ひいらぎさす》

烈風の戸に柊のさしてあり

石橋秀野

人事

節分の夜、柊の枝に鰯の頭を挿し邪気を払う。

明日は立春とはいえ、肌を刺すような烈風が、しきりに戸を叩く。戸口に挿した柊の枝も、ぴしぴしと音を立てて吹き飛ばされそうだ。柊よ、しっかりつかまって。春はすぐそこだ。

2/4

蕗の薹《ふきのとう》

水ぐるまひかりやまずよ蕗の薹

木下夕爾

植物

早春の蕗の若い花茎。ほろ苦さと香りを賞味。

水車が、とん、とん、からり、と動いて止まない。汲み上げられる水も、きらり、きらり、と陽に輝き、流れは止まらない。さみどりの蕗の薹が、その水のひかりを浴びている。

2/5

春火桶《はるひおけ》

人事

春寒のときに手を焙るために残されていた。

春火桶妻失格のなみだ煮ゆ

山田みづえ

よく出来た妻ほど、完璧であろうとして自らに失格を突きつけるのかもしれない。しまい忘れた木製の火鉢にあたりつつ、自らの涙が煮えるように感じるのは妻の悔しさか。

2/6

海苔干す《のりほす》

人事

海苔粗朶についた海苔を掻き取って干すこと。

海苔干すや海堡に浪のおとろへず

横山白虹

海苔を干す平和な景をしり目に、海岸防備のために、港の入り口や海中に造られた海堡《かいほ》には、浪が全くおとろえることがない。外敵の脅威に対する静かな緊張感を孕んでいるような浪だ。

2/7

春炬燵《はるごたつ》

人事

立春を過ぎても、まだ使われている炬燵。

特選

遠くより街宣の声春炬燵

白濵素子

春炬燵という幸福な怠惰の中にうとうととしつつ、街宣車の大音量の軍歌等を聞いている。現実世界の暴力的なまでの煩雑さの象徴のような音。遠ざかって行くまで、じっとしていよう。

今週学んだ季語を使って一句！

一言アドバイス

これまでに出てきた俳句のうち、好きな句を書き出してみよう。

2/8

紅梅《こうばい》

紅梅や熱はしづかに身にまとふ　中村汀女

植物

赤い花を咲かせる梅。濃淡様々の花がある。

「紅梅」とかけて「熱」と解く。その心は……。身にまとっているのは、風邪の微熱か、それとも、春の陽射しの熱であろうか。情熱をもって戦おうとする女流俳人の熱かもしれない。

2/9

春月《しゅんげつ》

猫の声満ちて春月錆びはじむ　美杉しげり

天文

朧月に代表される。柔らかな情感の月。

地球上に満ちる猫の求愛の声が夜空を潤ませていく。浸食するかのように広がるその声に、春月は錆びはじめているようだ。官能的な猫の声が耳に焼きついて離れない。

2/10

三味線草《しゃみせんぐさ》

植物

春の七種《ななくさ》、薺《なずな》の異名。白い小花を咲かせる。

妹が垣根さみせん草の花咲ぬ

与謝蕪村

「妹《いも》」は恋人などの親しい女性のこと。彼女の家の垣根に三味線草の可憐な花が咲いている。昔も今も変わらぬ愛しげな小花に、遠い昔の思い出を重ねているようでもあり。

2/11 祝

芹《せり》

植物

水辺に自生。春の七種の一つとして珍重される。

初恋にとほく芹の香立ちにけり

杉山久子

郷愁と同じように、初恋もまた遠く思い出すものだと思う。香りが魅力である芹だが、この青臭い香が、まさに青春そのもののあの初恋を思い起こさせるのであるよ。

2/12

雉《きじ》

雉の尾にふつと冷たき昭和かな

夏井いつき

動物

日本の国鳥。目の縁は赤で尾が長く美しい。

色鮮やかな姿を持つ一方で、「雉も鳴かずば撃たれまい」とも言われてしまう雉。日本の国鳥でもあるその尾に、ふっと冷たい昭和の名残を感じてしまったことであるよ。

2/13

春の夜《はるのよ》

特選

春の夜給油ポンプの電池の香

千代之人

時候

春の夜はあたたかい。朧にかすみ花も匂う。

電池式給油ポンプが唸り始める時、ふと電池の香を嗅ぎ取ったと言うのだ。潤むように重く漂う春の夜が、嗅覚の感度を増したのか。電池の香に灯油の臭いが重くなっていく。

2/14

畦火《あぜび》

人事

害虫駆除のため田畑の畦を焼く。その火。

特選

祖父の膝座れば匂ふ畦火の香

時小町

祖父の膝の中にすっぽりと入る安心感の中で、祖父にまとわりついている匂いに気づく。火を猛らせ、畦を真っ黒に焼いて来た祖父の勇ましい姿が、微かな煙の香の中に浮かぶ。

今週学んだ季語を使って一句！

発想のヒント

今年の手帳やカレンダーはどんなデザイン？

2/15

山火《やまび》

遠き世の山火ぞ映ゆる埴輪の眼

人事

山焼の火のこと。昼も夜も燃え続ける。

福田蓼汀

遙か昔から続いてきた山火の炎を思う。今目の前にしている埴《はに》輪《わ》の眼《め》は、ただ穴が空いているだけの暗い空間。その闇には、今なお遠い時代のあの山火が映っているかのようだ。

2/16

夜の梅《よるのうめ》

お歯黒の口より寓話夜の梅

植物

夜に咲く梅。百花に先駆けて咲く。

井上さち

いつの時代であろうか。薄暗い春の夜の灯の下。お歯黒の口からほつりほつりと寓話が語られる。家の外には夜の梅が咲き満ち、闇にほのかに浮かび甘やかに香っている。

2/17

蜂《はち》

指輪ぬいて蜂の毒吸ふ朱唇かな

杉田久女

動物

蜜を採り、巣を作り、尻に毒のある針を持つ。

指輪を抜いた女の白い指に触れる唇の朱さに焦点が絞られる。指の股に当てられた唇がなんとも艶めかしい。蜂の毒を吸っては吐き出すその仕草も、艶めかしさをいや増していくようで。

2/18

菫《すみれ》

カメラ構えて彼は菫を踏んでいる

池田澄子

植物

山野に自生。可憐な姿を誰からも愛される。

遠くの景色を撮っているのだろうか。それとも、人物写真を撮っているのか。写真を撮ることに夢中になっている男。ああ、うっかり菫を踏んでしまっているよ……。

2/19

田螺《たにし》

みずゆらり寝返りをうつタニシかな

工藤直子

動物

田に住む巻貝。田螺売の声は昔の春の風物詩。

水田や池沼の泥中で越冬していた田螺が、水底に見られるようになった。水の揺れに伴って動いた様子を、寝返りのようだなと思う。春の絵本をのんびり眺めているような気分だ。

2/20

海苔《のり》

海苔買ふや追はるる如く都去る

吉岡禅寺洞

植物

海中の岩などに育つ苔状の食用藻類の総称。

毎日の食卓のための海苔を買う。平凡な行為の内にも、都を去らねばならぬという想いが心を曇らせる。ただの引越しではない。石もて追われるかのような、やりきれない想いを抱えて。

2/21

冴返る《さえかえる》

時候

暖かくなりかけて寒さがぶり返すこと。

カントより妻が難解冴え返る

坪内稔典

小さなことで妻とぶつかった。数ある哲学書のなかでも最高難度ともいわれているカントを読みながら、何より難解なのは妻の思考であるよと思う。いやに冴え返る日だ。

今週学んだ季語を使って一句！

発想のヒント

昨日食べたもので一句！

2/22

梅《うめ》

植物

早春、香り高く清雅な花を咲かせる。

梅散るや難波の夜の道具市

建部巣兆

難波《なにわ》の夜の灯りに並ぶ古道具たち。由緒ありげな美しいものであればあるだけ、こうして売られていることが哀れに思えてくる。散る梅が、華やかでいながら同時にうら寂しい。

2/23 祝

春障子《はるしょうじ》

人事

冬とは違う、春らしい明るく柔らかな趣がある。

指軽く触れてすべりて春障子

富安風生

春という季節の力であろうか。日々使ってきた障子が、冬の動きとは違って、指で軽く触れただけなのにすうっとすべるように動いた。障子も春を喜んでいるのだろうか。

2/24

蒲公英《たんぽぽ》

特選

蒲公英をかわして足場組まれをり

金子美鈴

植物

至るところに自生。花の形から鼓草とも。

大きな工事現場ではなく、家のリフォームなどのちょっとした足場を思った。蒲公英を気遣う大工さんに感じた人情味。つつましく幸せな生活の象徴のような、蒲公英の黄。

2/25

桜貝《さくらがい》

特選

桜貝砕けて慈悲の色となる

世良日守

動物

光沢があり桜のような色合いの美しい二枚貝。

砕けた桜貝を見つけたのか、はたまた、浜辺でふと桜貝を踏んでしまったのか。形をなくした桜貝に対して、心に小さな痛みが生まれる。それを慰めるかのような美しい桜貝の色。

2/26

特選

ミモザ

植物

黄色の玉状の花が房になって咲く。

ミモザ咲いて保育園ができている

村田真由美

心が浮き立つようなミモザの黄金色の花。子供たちの可愛らしい声に気づくと、新しい保育園ができていた。ミモザと子供たちの上に、青空と柔らかな春の雲が広がっている。

2/27

特選

霞《かすみ》

天文

春の昼、遠くの景色がぼやけて見える現象。

山国をほとりほとりと霞かな

里山子

山々に囲まれたこの土地にいて、水気をたっぷりと含んだ霞が立ち込めてきた。「ほとりほとり」は、霞の広がっていくオノマトペであるのか。その中を歩く作者の心模様でもあるようで。

2/28

春嵐《はるあらし》

天文

春の強風。大きな被害をもたらすこともある。

春嵐奈翁は華奢な手なりしとか

中村草田男

奈翁は、フランス第一帝政の皇帝ナポレオン。戦争に勝利し権力を手にした彼が、華奢な手であったとは意外だ。流刑地での最期まで、この春嵐のような生涯を駆け抜けていったのだ。

2/29

ヒヤシンス

植物

球根植物。美しい花を咲かせ、香りも良い。

水にじむごとく夜が来てヒヤシンス

岡本眸

水に浸みて広がるようにやってくるとは、なんと静かに深まっていく夜であるか。密やかにやって来た夜を浮かび上がるように咲くヒヤシンスが、瑞々しく優美な香を放っている。

三月の季語

3/1

春雨《はるさめ》

天文

しっとりと柔らかな、春らしい風情の雨。

春雨や同車の君がさゝめごと

与謝蕪村

「同車の君」と恋のささやきをするのであれば、やはり、平安貴族の牛車がいい。暖かで艶やかな春の雨に包まれながら、がたり、ごとり、としめやかに進む車中、君の囁きが耳に温かい。

3/2

暖か《あたたか》

時候

陽気がよく温暖なこと。「ぬくし」ともいう。

特選

暖かやナースに凭れ屋上へ

末田夏夫

入院している間に春が来ていた。顔なじみのナースに凭《もた》れ、暖かくなってきた春を肌に感じつつ、ゆっくりと屋上へ登っていく。屋上へ出ると、輝く春の日差しが待っているに違いない。

3/3

雛《ひな》あられ

人事

雛祭に、雛人形に供えるあられのこと。

雛あられ両手にうけてこぼしけり

久保田万太郎

桃色、黄色、うすみどり、白など、美しい雛あられを、両の手のひらにうけようとしたら、あふれてこぼれてしまった。こぼれてしまった雛あられも、明るい雛祭の一点景であるよ。

3/4

春《はる》の鳥《とり》

動物

春に見る鳥の総称。繁殖期を迎え活動も盛ん。

特選

向き合って食べる給食春の鳥

すりいぴい

机を向き合わせて、皆でおしゃべりしつつ食べる賑やかな給食の風景。新しい学年となった教室の横では、春の鳥たちが囀り合っている。コロナ禍の黙食が明けた教室でもあるか。

3/5

蓬《よもぎ》

裏口は蓬の匂ひ妣の匂ひ

植物

若葉は香気が高く柔らかい。薬用にも用いる。

柿本多映

転んで泣いて帰った日は、妣《はは》が裏庭に茂っている蓬を摘んできて、優しく傷の手当てをしてくれたっけ。私にとって、裏口と言えば蓬の匂いであり、妣との思い出の匂いなのだよ。

3/6

種物屋《たねものや》

狭き町の両側に在り種物屋

人事

穀類、野菜や草花の種などを売る店のこと。

高浜虚子

狭い町の道を挟んだ向い合わせに出した店か、または街道の一方の口と他方の口の二店か。町外れには田畑が広がり、種蒔き時にはどちらの店も忙しい。さあ、種蒔きが始まった。

3/7

椿《つばき》

植物

種類多彩。落花の時は花全体が落ちる。

特選

椿溢る銀色の焼却炉より

よしぴこ

焼却炉が一般的ではなくなった昨今であるが、銀色の炉口から溢れる椿がオブジェのように鮮やかに想像される。まるで、椿の火葬のようでもあり、その赤が炎の色でもあるかのようだ。

今週学んだ季語を使って一句！

発想のヒント

旬の野菜で一品作るなら？

三月

3/8

水温む《みずぬるむ》

しなやかな子の蒙古痣水温む

佐藤鬼房

地理

春になって、水が温かさを増してくること。

乳幼児の臀部や腰部などにみられる青色の蒙古痣《あざ》。寒さもやわらぎ、水が温んできたこの頃、のびのびとした子供の動きもしなやかだ。オムツをかえているのか、身体が語る春の喜び。

3/9

残雪《ざんせつ》

地理

春になっても、まだ解けずに残っている雪。

特選

残雪や淋しがりやの神ばかり

高田祥聖

天地万物に宿り支配する神々。人は自然に神秘的な力を感じ畏怖してきた。春になっても解けないで残っている雪を見ていると、神々も人間のように淋しがりやなのかもしれぬと思う。

3/10

如月《きさらぎ》

きさらぎは薄闇を去る眼のごとし

飯田龍太

時候

陰暦二月の異称。小草や木の芽がでる時期。

「きさらぎ」という月を「薄闇を去る眼」のようだとの把握にどきりとさせられる。少しずつ春の寒さが薄れていく感覚を、薄暗の中を去っていく眼の存在として捉えているか。

3/11

春の空《はるのそら》

特選

顔うずむタオルに浮力春の空

柚木みゆき

天文

柔らかに霞んで見える、穏やかな空。

温む水で洗った顔をタオルにふんわりとうずめたら、そのまま空まで浮かんでゆきそうな気がしたのだろう。ふわふわのタオルから顔を上げると、きらきらと明るい春の空が広がっている。

3/12

茅花《つばな》

特選

茅花飛ぶ税を納めにコンビニへ

華気聖

植物

白茅《ちがや》の花穂《かすい》のこと。槍のような鞘に包まれる。

野原や川原一面の茅花が、銀の風になって飛んでいくのを眺める。土手を歩いているのだろうかと思ったら、「税を納めにコンビニへ」行くという愉快。いろんなものが飛んでいくなあ。

3/13

貝寄風《かいよせ》

特選

貝寄風や引く手数多の宮大工

風花まゆみ

天文

大阪四天王寺の聖霊会のころに吹く季節風。

釘や金物を用いない芸術的な建築の技を持った宮大工。最も古い建築様式として知られる四天王寺を手入れする宮大工の横顔が見えてくるようだ。貝寄風が清々しい白木の香を運ぶ。

3/14

淡雪《あわゆき》

天文

気温が上がっているため、解けやすい雪。

特選

淡雪やフェリーに運ぶ霊柩車

福永浩隆

フェリーへ誘導される霊柩車。牡丹の花びらのように清らかな雪片が、ふわり、ふわり、と降りかかり、瞬く間に消えてゆく。魂も淡雪のかけらのように、消えてゆくものであるか。

今週学んだ季語を使って一句！

発想のヒント

春の匂いはどんな匂い？

3/15

涅槃像《ねはんぞう》

人事

釈迦入滅の姿を描いた絵や彫刻。寝釈迦。

特選

鳩の糞なみだのやうに涅槃像

可笑式

3/16

雪解川《ゆきげがわ》

地理

春、解け始めた雪によって増水した川。

やがてわが真中を通る雪解川

正木ゆう子

屋外に安置された涅槃像。釈迦入滅の姿を象った涅槃像のお顔に鳩の糞がついているのだ。まるで涙のようだな……と思いつつお参りする。お釈迦様は何に涙しているのだろう。

目の前に流れる雪解川。解けた雪で増水し、勢いよく流れていく川が、そのまま「わが真中」を通っていくのだと感じている。わだかまりを解かしていくような春の川であるよ。

3/17

蕨採《わらびとり》

深山に蕨採りつつ亡びるか

人事

山菜の中の、特に蕨を摘みに山野へ行くこと。

鈴木六林男

また山菜採りの季節がやってきた。蕨のこぶし状に丸まっている若葉を採りながら、こうやって山の暮らしを続けていくのだなあと思う。「亡びるか」は人類に問うているようでもあり。

3/18

野蒜摘《のびるつ》む

植物

野蒜摘みは、古来春の「野遊」の一つ。

摘みたきもの空にもありて野蒜摘

能村登四郎

行楽と実益とを兼ね備えた春の山菜採り。楽しく野蒜を摘みながら、ふと空を見上げたのだろうか。空にある摘みたいものとはなんであろう。俯かずに進みたい心持ちも交じっているか。

3/19

蓬餅《よもぎもち》

父を焼き師を焼き蓬餅あをし

黒田杏子

人事

蓬を搗きこんだ餅。香り良く、素朴な風味。

父を弔い、師を弔った後の喪失感とはいかばかりのものであろう。目の前の蓬餅は、生命力を感じる鮮やかな青だ。口の中に広がる青い香を味わいつつ、父と師の好物だったなと思う。

3/20 祝

特選

卒業歌《そつぎょうか》

声の出ぬ生徒と歌ふ卒業歌

青海也緒

人事

卒業式に歌われる歌のこと。

感極まって歌えない生徒とも読めるが、特別支援学校の卒業式とも読める。「生徒」と歌っているのは先生に違いない。心に去来するのは、聴覚に障害を抱えつつ一緒に過ごした日々だ。

三月

3/21

春の星《はるのほし》

天文

春の星は柔らかに潤んで見え、淡く優しい。

特選

春の星箒で五分の君の家

望美

もし、箒に跨がって飛ぶことができるのなら、五分で君の家へ飛んで行けるのになあ、と空を見上げる。潤んだ春星が優しく瞬いている。君もこの同じ星を見上げているのだろうか。

今週学んだ季語を使って一句！

発想のヒント

窓から見える看板の文字で一句！

3/22

陽炎《かげろう》

天文

よく晴れた日に景色がゆらいで見える現象。

特選

陽炎や印度の牛は人たらし

赤尾双葉

牛を神聖な動物として大切にしている印度《いんど》。本当の宗教的な理由を伏せ、「人たらし」と言い切ったのが可笑しい。陽炎の中をゆく印度の牛を敬い、道を譲る人々の姿も見えてくる。

3/23

喇叭水仙《らっぱすいせん》

植物

一茎一花で、喇叭の形をしている。

喇叭水仙笑ひ上戸の集ひけり

渡辺恭子

花びらの中心がラッパのような形に見える喇叭水仙。集まった笑い上戸《じょうご》たちの絶えることのない会話を聞いている喇叭水仙も、ラッパから声を出して、一緒に笑っているようだ。

3/24

西行忌《さいぎょうき》

口で紐解けば日暮や西行忌

人事

陰暦二月十五日。西行法師の忌日。

藤田湘子

せわしく動いている手。作業しながら口で紐を解いたとき、もう日が暮れようとしていることに気づいた。今日は西行忌。桜咲く頃のどこか物憂い気分がふと心に淡い影を落とす。

3/25

永き日《ながきひ》

特選

永き日に波打つ墨のバケツかな

時候

春分以降、徐々に日が永くなってくること。

颯萬

書道教室の片付けをする時刻か。心の赴くままたっぷりと、くろぐろと筆で書かれた半紙が、ところ狭しと散らばっている。筆を洗ったバケツの墨色が、豊かに波打っている。

3/26

引鶴《ひきづる》

特選

引鶴や硫黄の山のゆで卵

阿部八富利

動物

冬に飛来した鶴が三月頃に北方へ帰ること。

硫黄の山とは、必ずしも北海道の活火山である硫黄山に限定する必要はあるまい。活火山名物の硫黄の香が食欲をそそるゆで卵をほおばりながら、旅人は、北をめざす鶴を見送っている。

3/27

行く雁《ゆくかり》

雁ゆきてまた夕空をしたたらす

藤田湘子

動物

秋に渡ってきた雁が北方の繁殖地に帰ること。

北方を目指す雁が、列をなして夕空にすうっと消えていく。今年の夕空もまた、美しさや鮮やかさに満ち、あふれるばかりだ。見送る人の心に満ちていくのは、寂しさや儚さであるか。

3/28

引鴨《ひきがも》

動物

日本で越冬した鴨が北方へ帰っていくこと。

引鴨の海上に噴く夜の雲

角川源義

水平線へ消えていく引鴨の隊列。日本を離れた鴨たちは、夜をかけて海を渡っていくのだなあと見送る。海から噴き出したかのようなあの雲は、行く手の困難を暗示しているのだろうか。

今週学んだ季語を使って一句！

発想のヒント

最近出かけた場所はどこ？

3/29

菊根分《きくねわけ》

菊根分働くに似て遊ぶなり

人事

菊の株根から萌えだした芽を根分けすること。

石塚友二

菊の根を掘り起こすと、親根からいくつもの細根が分かれて芽を出している。その細根についた芽を切り、新たに植え育てる。確かに仕事ではあるのだが、菊を愛でる遊びでもあるのだよ。

3/30

芋植う《いもうう》

役人になるが嫌ひで芋植うる

人事

八つ頭、唐の芋など里芋を植えつけること。

佐藤紅緑

農業を選んだのは、公務員になりたくなかったからだ。「嫌ひ」からは、自然を相手にしながら生きていくのだ、という自らの選択への矜持もうかがえるようだ。一つ一つ種芋を植えていく。

3/31

復活祭《ふっかつさい》

人事

春分後、最初の満月以降に来る第一日曜日。

うつむきて影が髪梳く復活祭

寺山修司

イエス・キリストの復活を記念する祝日と、肉体だけが持つことができる影との取り合わせが深読みを誘う。うつむいて丁寧に髪を梳く影の動作からは、こまやかな情愛も感じられて。

今月、一番気に入った季語を使ってもう一句！

発想のヒント

目が覚めて最初に聞いた音は？

一月〜三月のまとめ

この3ヶ月間で、俳句は何句できましたか？　楽しみながら、実作していますか？　このページにこれまで作ってきた句を、一句一句丁寧に清書してみましょう。そして、自分がうまく詠めたと思った句に○印を付けて、投句の準備を進めていきましょう。

投句の締め切りは、２０２４年8月10日（土）必着です！

四月の季語

4/1

春愁《しゅんしゅう》

人事

春に気がふさいで物憂くなること。

春愁をくしゃと丸めて可燃ごみ　梅沢富美男

紙くずをくしゃと丸めて屑籠に放り込む。この物思いも一緒に丸めて捨てることができたら……と思う。いや、一緒に捨ててしまおう！　春愁なんて、焼いてしまえる可燃ごみなのだ。

4/2

春田《はるた》

特選

溜池を抜いて春田の五、六枚　玉響雷子

地理

稲の苗が植えられる前の田。げんげ田なども。

溜池の第一の役割は、水田に安定して用水を供給することだという。この溜池があれば、五、六枚の田んぼは大丈夫だろう。春田に水が張られた。さあ、今年も稲作が始まる。

4/3

花曇《はなぐもり》

天文

桜が咲くころの曇り空のこと。

特選

入寮の子を置き帰る花曇

実相院爽花

知らない土地へ進学し、寮に入る新入生。中学生かもしれない、と感じたのは「子を置き帰る」の措辞のせいだろう。全てを整えて別れを告げて辿る家路に、美しく咲く桜が滲んでいる。

4/4

桜蘂降る《さくらしべふる》

植物

桜が散った後、残った蘂が降るように散る。

特選

桜蘂降る早朝の投票所

蜘蛛野澄香

投票時間は七時から始まるのが一般的なようだ。朝一番の投票か、それとも、投票所の準備のためにやって来たのか。朝の冷たい空気の中、桜の蘂が美しく降っている。

4/5

花守《はなもり》

特選

花守の腰の手ぬぐひ真新し

蓼科嘉

人事

桜の花の番人。桜の管理、手入れをする人。

寺や庭園、山野の桜の木の手入れや番をする花守。長年使い込んだ道具を使っているのだろう、と思って見ていたら、腰にかけた手ぬぐいのなんと真新しいこと！　何代目の手ぬぐいだろう。

4/6

花冷《はなびえ》

特選

花冷やJアラートの満つる空

中村すじこ

時候

桜の頃は天候が不順で、急に冷え込む日も。

弾道ミサイル攻撃や地震や津波などの緊急情報を瞬時に伝える警報システムのJアラート。無線が鳴り響いている様子を「満つる空」と表現。冷えているのは桜だけではあるまい。

4/7

落花《らっか》

植物

桜が散ること。散り際の潔さを愛される。

ひりひりと擦り傷海光へと落花

加根兼光

果てしなく広がる海が美しくきらめいている。花びらが光に吸い込まれるように散っていく。擦り傷がひりひりと痛いのは潮風のせいだろうか。それとも、桜が散るからか。

今週学んだ季語を使って一句！

発想のヒント

今年の桜で一句！

4/8

甘茶仏《あまちゃぶつ》

甘茶仏杓にぎはしくこけたまふ

川端茅舎

人事

花祭の日に、甘茶をかける釈迦の仏像のこと。

お釈迦様の誕生日を祝う花祭。人々が柄杓を手に、ひっきりなしに小さな仏様に甘茶をかけている。生まれてすぐ歩いたお釈迦様を模した仏様がお倒れになるという可笑しみ。

4/9

春暑し《はるあつし》

特選

球体のごとき象亀春暑し

井上れんげ

時候

春も終わりになると、汗ばむほど暑くなる。

陸生亀の大形種であり、甲長一メートル、体重一〇〇キロを超える象亀。春も暑く感じるようになってきたせいだろうか、甲羅の中に首と手足を入れて、球体の巨大オブジェのようだ。

4/10

杏子の花《あんずのはな》

一村は杏の花に眠るなり

星野立子

植物

四月頃、葉に先立って濃艶な五弁花を開く。

村は杏の花盛り。夜には杏の花がほの白く浮かび上がり、家々はその中に暗く沈んでいる。杏の花の香りは仄かに甘くふくらみ、人々の眠る一村を優しく包みこんでいる。

4/11

藤《ふじ》

特選

禰宜も巫女もいつも早足藤の風

やまとなでしこ

植物

晩春の代表的な花。長い総状花序をつける。

藤が名物として知られる境内は今が満開だ。祭事でもあるのだろうか、禰宜《ねぎ》も巫女もきびきびと早足で歩いていく。そう言えば、いつも早足だな、と思いつつ藤と共に風に吹かれている。

4/12

特選

春《はる》

オリオンは西に寝そべる甘き春

きるやんめるっき

時候

立春から立夏前日まで。万物が動く時節。

満天にまたたく春の星座。冬の星座として知られるオリオンは、西の空にしか見られなくなってきて、もう見納めだ。「西に寝そべる」からは、春爛漫の夜空の甘やかさが漂う。

4/13

特選

啄木忌《たくぼくき》

家計簿の鉛筆丸し啄木忌

水きんくII

人事

石川啄木の忌日。二十七歳という若さで病没。

鉛筆を磨り減らして、昔ながらの家計簿をつけている。鉛筆の芯の丸さは節約の切なさと、誇りの表れでもある。今日は啄木忌。ふと、生活者の哀歓を歌った啄木の詩を口ずさむ。

4/14

蝌蚪《かと》

動物

蛙の子。「おたまじゃくし」とも。

蝌蚪の上キューン〱と戦闘機

西東三鬼

静かに泳ぐ蝌蚪と、鳴き声の如き音を立てて飛来する戦闘機との取り合わせには、俳諧味をこえて、皮肉さえ感じる。これから成長していく蝌蚪と、人の命を奪う戦闘機。

今週学んだ季語を使って一句！

発想のヒント

近況で一句！

4/15

青き踏む《あおきふむ》

人事

春の青草を踏みながら野山を散策すること。

ジーパンに詰め込む肢体青き踏む

能村登四郎

ジーパンに詰め込むのはもちろん脚なのだが、「肢体」がのびやかな若い身体の動きそのものまで想像させる。足取り軽く若草を踏めば、その瑞々しい青い香りが満ち溢れてくる。

4/16

蚕《かいこ》

動物

絹糸をとるために飼育される。桑の葉を食す。

特選

生温き夜を蚕と起きてゐる

江藤すをん

蚕が桑の葉を食べるシャクシャク、パリパリという咀嚼音が、次第に闇を侵食して、降り出した雨音のように、世界を満たしてゆく。生ぬるいこの夜の世界に起きているのは私と蚕だけだ。

4/17

春眠《しゅんみん》

春眠の覚めてはそこに赤ん坊

中村阿昼

人事

春の眠りの心地よさをいう。朝寝もさす。

育児の真っ最中。ふと眠りに落ち、気持ちよく目覚めた。赤ん坊がぱっちりと眼を開け、天使のように静かに一人遊びをしている。この春眠は、赤ん坊がくれた幸せな一時。

4/18

残る鴨《のこるかも》

天空も水もまぼろし残り鴨

鷲谷七菜子

動物

春になっても北方へ帰らずに残っている鴨。

はてしなく広々とした空も水も「まぼろし」なのだという。この世には確かなものなどない、という思いか。北方へ帰らず残る鴨たちも、北の空をまぼろしと思っているのかもしれない。

四月

4/19

桜漬《さくらづけ》

人事

八重桜の七分咲の花を塩漬けにしたもの。

桜漬白湯にひらきてゆくしじま

黒田杏子

桜の花の塩漬が、ゆっくりと白《さ》湯《ゆ》に開いて、花びらの形を取り戻していく。音もないこの静寂の中で、かすかな花の香りが、辺りに漂い始める。五感すべてで桜を味わおう。

4/20

蝶《ちょう》

動物

春は紋白蝶など小型の可憐な蝶が多い。

特選

ハチ公の優しき左耳へ蝶

水蜜桃

渋谷駅前のシンボル、ハチ公像。主を待つハチ公像の左耳へ蝶がやって来た。もしかすると、待ち続けていた約九年間にも、蝶はハチ公の耳にやってきて、何か囁いていたのかもしれない。

4/21

木瓜の花《ぼけのはな》

植物

三センチほどの趣深い鮮やかな五弁花。

木瓜の朱は匂ひ石棺の朱は失せぬ

水原秋櫻子

石棺《せっかん》の内部を朱に塗る風習は、古墳時代の葬送儀礼の一つであったという。目の前には、鮮やかに朱く匂う木瓜の花。今は色の失《う》せた石棺も、匂うような朱色をしていたのだろうか。

今週学んだ季語を使って一句！

発想のヒント

気になる言葉の語源を調べてみよう！

四月

4/22

鳥交る《とりさかる》

特選

電線の大きく揺れて鳥交る

コトリ

動物

繁殖期の鳥たちの様々な求愛行動をいう。

繁殖期をむかえ、鳥たちは美しい声で囀ったり、強く羽搏《はばた》いたり求愛行動をしている。電線という人工物もお構いなしだ。鳥たちの盛んな生命力が、電線を大きく揺らしているのだ。

4/23

燕来る《つばめくる》

特選

燕来る息子は継がぬ時計店

日向こるり

動物

春になって、燕が南方から渡って来ること。

昔から代々続いてきた町の時計店。とうとう息子の代で締めることになった。軒下には、立派な燕の巣があって、毎年燕がやってくる。燕だけはこの巣を継いでいってくれるだろうか。

4/24

竹の秋《たけのあき》

空ふかく蝕ばむ日かな竹の秋

飯田蛇笏

植物

竹の古葉が黄ばんでくる様が秋の様に似ている。

空を深く蝕《むし》ばんでいく日とは何だろう。仄暗い竹林にいるのだろうか。筍を育てるため、一時枯れたように黄葉した竹の葉の間からのぞく日のことか。心象風景のようでもあり。

4/25

フリージア

植物

香り高い漏斗状の花。白、黄、桃色など多色。

フリジヤにかひなきことは言はでけり

中尾白雨

「かひなきこと」とは、仕方がないことの意か、取るに足りないことの意か。ともかく言わずに我慢したのだろう。なんたって、上を向くように鮮やかに咲くフリージアが満開なのだから。

4/26

春の夢《はるのゆめ》

どこまでがあなたのからだはるのゆめ

中町とおと

人事

春の眠りの中で見る夢。儚いものの例えにも。

春の眠りは心地よくて、夢うつつで横たわっている。一緒に眠る「あなたのからだ」に手を伸ばして確かめようとする私。いや、これはまだ、甘やかな夢の中にいるのかもしれない。

4/27

勿忘草《わすれなぐさ》

勿忘草わかものゝ墓標ばかりなり

石田波郷

植物

藍色の五弁の花。白や桃色の品種もある。

地に落ちて来た星のかけらのような小花を無数に咲かせる勿忘草。行けども行けども、早逝の若者の墓標ばかりが続いている。忘草がその名の通り「忘れないで」と可憐に咲いている。

4/28

苜蓿《うまごやし》

植物

しろつめくさの俗称。クローバーとも。

苜蓿のそよぐ真上の新空路

平畑静塔

名も無い草原だった昔からそこに咲いている苜蓿が、春風にそよいでいる。どうやら新しい飛行ルートとなったらしく飛行機を目にするようになった。苜蓿と一緒に過《よぎ》る機体を見送る。

今週学んだ季語を使って一句！

発想のヒント

今日の雲はどんな形？

4/29 祝

蜃気楼《しんきろう》

天文

光の屈折で物体が浮かんで見えたりする現象。

諍ひも国境も消ゆ蜃気楼

村重蕾

血なまぐさい諍いを経て引かれていく国境。そのような諍いがなくなることはないのだろうか。蜃気楼が、見せてくれる砂漠のオアシスのような、平和な世の中を見たいとの思いか。

4/30

躑躅《つつじ》

植物

野や庭に咲き溢れる紅、白、絞りなどの花。

死ぬものは死にゆく躑躅燃えてをり

臼田亜浪

生あるものの果ては死で、死を逃れることはできない。死にゆくしかないとはいえ、それが目的ではない。目の前の躑躅が鮮やかに燃えるように咲いている。生を燃え尽すのだ。

今月、一番気に入った季語を使ってもう一句！

発想のヒント

冷蔵庫にいつも入っているものは？

水を詠む

「春雨」は、しっとりとやさしく草木を潤します。「花の雨」はいちだんと艶やか。「雪解水」は春を告げる威勢のいい水。「水温む」時、蕾も人の心もほぐれていきます。「逃水」は水のように見えて、近づくと遠ざかる光の屈折現象。命を育む「春の水」、ぜひ詠んでみたいですね。

五月の季語

5/1

樒《しきみ》の花

植物

仏や墓に供える木で、淡黄の花をつける。

花活に樒の花の淋しいぞ

村上鬼城

仏壇や墓に供えたり、抹香や数珠の材となるなど仏事と関係が深い樒。樒が芳香のある花をつけた。花活に活けてみたがなんだかしっくりこない。この淋しさはどこから来るのであろう。

5/2

羊の毛刈る《ひつじのけかる》

人事

家畜の羊の毛を刈り取ること。

毛を刈る間羊に言葉かけとほす

橋本多佳子

羊の毛刈りは重労働だという。中腰で足や股を使って羊を安全に押さえ込み、分厚い毛を素早く丁寧に刈り上げていく。バリカンや鋏を怖がる羊に優しく、声をかけて励まし続ける。

5/3 祝

海棠《かいどう》

植物

花柄を垂らし、薄紅色の五弁花を房状に開く。

海棠や雨をはらめる月二夜

宮紫暁

昔、玄宗皇帝が、酒に酔って目元をほんのり染める楊貴妃を、「睡り足りない海棠の花のようだ」と讃えたという。雨を孕んだような月が二夜続き、艶やかな海棠の紅い花を照らしている。

5/4 祝

アネモネ

植物

罌粟に似た美しい花を咲かせる。

真黒な怒りかくさずアネモネは

行方克巳

赤、青、紫、白と、色鮮やかに美しいアネモネ。花びらとみえるのは萼で、中心の黒い部分が花なのだという。花の黒を怒りと感じてしまったのは、アネモネにまつわる神話のせいか。

5/5 祝

立夏《りっか》

特選

四肢ぴんと伸ばし立夏の山羊尿る

樫の木

時候

二十四節気。暦の上ではこの日から夏になる。

この春生まれた子山羊であろうか。広々とした草原に、立夏の明るい陽差しを浴びながら、四肢をぴんと伸ばして、のびのびと、きらきらと、放尿している。さあ、夏が来た。

5/6

紙鳶《いかのぼり》

特選

いかのぼり龍の字ばかり土佐の浜

葉月えいと

人事

昔は子供の遊びではなく、村落の競技だった。

土佐の浜で揚がっているいかのぼり。ことさら「龍」の字が目につくが、やはり土地柄、坂本龍馬にあやかったものだろうと眺める。豪快に、おおらかに、龍のように揚がる凧。

5/7

菜殻火《ながらび》

人事

菜種を取り終った菜殻を燃やす赤い炎。

清浄と夕菜殻火も鐘の音も

川端茅舎

種子から菜種油を採る菜の花。油を含んでいるその菜殻は、火を放つと勢いよく燃え上がる。夕暮の薄闇に燃える火も、遠くから響いてくる鐘の音も、こよなく清浄であるよ。

今週学んだ季語を使って一句！

発想のヒント

どんな水筒を使っている？　何色？

五月

5/8

余花《よか》

特選

息を抜き閉じるや余花の手風琴

川越羽流

植物

初夏になってもまだ咲き残っている桜。

アコーディオンを「手風琴」と呼ぶと、より詩的な響きが加わるようだ。余花の下、今年最後の桜を吹かす風を入れて奏でる。演奏を終えたら、息を抜き切って閉じよう。

5/9

初鰹《はつがつお》

初鰹その外何も無き荷かな

島村元

動物

青葉の頃いち早く水揚げされ市場に出た鰹。

長い箱荷が届いた。開けてみると、青光りする鰹だけが丸ごと入っていて、他には何も入って無い。初鰹を食べさせようという思いが嬉しい。今夜は早速、この初物を頂こう。

5/10

愛鳥日《あいちょうび》

人事

愛鳥週間は、五月十日からの一週間。

「愛鳥の日」と動きたる手話の指
森川大和

日常では手話に馴染みがないのだろう。愛鳥週間に合わせて知った「愛鳥の日」の手話。指の動きの一つ一つから、改めて言葉の持つ意味に気づかされたのかもしれない。

5/11

鉄線花《てっせんか》

植物

鉄線のように丈夫な蔓を絡ませ成長する。

もの書きて夜がいま明けし鉄線花
水原秋櫻子

夢中で夜通し書き物をしていた。ふと目を上げると、暗闇しか存在していなかった窓の外に、鉄線花が薄々と見え始めている。今、夜が明けたのか。思わず、お早う、と声をかける。

5/12

卯月《うづき》

水底は卯月明りや鷗の死

中村苑子

時候

陰暦四月の異名。陽暦ではほぼ五月に当たる。

卯の花盛りの卯月。死んだ鷗の残像が網膜に張り付いているのか。ほの白く清らかに沈む鷗の骸を「卯月明り」と捉えたか。水面に映る白い卯の花の影を、弔いのように感じているのか。

5/13

釣堀《つりぼり》

特選

釣堀の人も魚も顔見知り

笠井あさり

人事

人工的に造った池に魚を養い釣らせる。

釣堀の面々とも顔見知りとなった。無言で会釈を交わし、自分の定位置に座る。釣り糸を垂らし、瞑想のごとき一人の時間を享楽する。今日こそ、顔見知りとなったあの魚を釣ってやろう。

5/14

緑《みどり》

植物

初夏の頃の瑞々しく鮮やかな緑のこと。

ビルに高さ街を緑を鳥瞰図

加根兼光

ビルに高さがあるのだと、当たり前のことを実感する。神社の森や、御苑の木々や、公園の茂りの緑のなんと鮮やかなことだろう。瑞々しい緑に吸い込まれそうで鳥になったような気分だ。

今週学んだ季語を使って一句！

発想のヒント

「さみしい」にくっつける言葉を三つあげてみよう！

5/15

夏祭《なつまつり》

人事

夏季に行われる神社の祭りのこと。

いくさなき人生がきて夏祭

橋本夢道

プロレタリア俳句運動に身を投じ、戦前には新興俳句の弾圧で投獄されたこともある橋本夢道。「いくさ」は、戦争でもあり、自身の戦いでもあるのだろう。平和な人生の夏祭であるよ。

5/16

椎落葉《しいおちば》

植物

常緑樹である椎の木が古葉を落とすこと。

しづかなる音のただ降る椎落葉

長谷川素逝

新しくつけた葉に取って代わられるように落葉する椎。椎の葉の降る様子に、ただ「しづかな音」を聞き取っている。秋になって椎の木の落とす団栗の音を思っているのであろうか。

5/17

金亀虫《こがねむし》

特選

影絵劇紛れ込みたる金亀虫

瑠璃子

動物

夏の夜、灯を求め、羽音を立てて飛ぶ。

子供たちが息を詰めて見守る「影絵劇」。突然、スクリーンに金亀虫が飛び込んできた。影絵の中に紛れ込んだ、リアルに動く金亀虫が、つかの間、主役をうばってしまう。

5/18

目高《めだか》

水底の明るさ目高みごもれり

橋本多佳子

動物

三センチほどの淡水魚。小川や池に生息する。

澄んだ水に陽が当たり、水底まで鮮明に見えている。わずか数センチの目高の腹の辺りがぷっくりと膨らんでいる。微々たる目高の逞しい生命力を目の当たりにして、全てが眩しい。

5/19

行々子《ぎょうぎょうし》

特選

過去帳の混み合うてをり行々子

げばげば

動物

葭切の別名。鳴き声からの呼び名。

寺院の「過去帳」ではなく、仏壇の過去帳を思った。代々続いた家の過去帳には、先祖がびっしりと書かれているのだろう。ご先祖様の昔から、行々子は喧しく鳴いていたのだろう。

5/20

鵜《う》

特選

鵜は羽に明るき雨を受けてをり

露草うづら

動物

海や川に生息。黒い羽を持つ大形の水鳥。

「明るき雨」とは天気雨だろうか。雨の中の日差しが見えるようだ。漆黒の鵜の羽が、雨を受けて、艶めき輝いているようだ。鵜の羽を雨の雫がすべり落ちていく。

5/21

木下闇《こしたやみ》

植物

鬱蒼と茂った木の下は、昼間でも暗い。

特選

木下闇遠縁と云ふ寺男

黙丸獅児馬

寺院にやとわれて、雑役をしている寺男というよりも、寺で修行している男と読んだ。どうやら、彼は遠縁にあたるらしい。鬱蒼と木々茂るこの寺で、黙々と修行に励む男。

今週学んだ季語を使って一句！

発想のヒント

積んでいるのはどんな本？　何冊ある？

5/22

田水張る《たみずはる》

地理

田植えの準備のために田圃に水を張ること。

特選

朝が眩しいがうがうと田水張る

冬島直

土を掻きほぐした田に、水を満たしていく。水は、「がうがう」と音をたててものすごい勢いで張られていく。朝陽が水面に反射し、田をきらめかせている。何とも眩しい朝だ。

5/23

黒蟻《くろあり》

動物

体が黒色から黒褐色の蟻の俗称。

寡婦痩せて地に黒蟻のおびただし

桂信子

夫を亡くし、一人黙々と田畑に働く妻。日々の労働に痩せて、真っ黒に日焼けして、厳しい皺が刻まれている。地には、ただ働き続ける黒蟻たち。なんとおびただしい蟻の数か。

5/24

新樹《しんじゅ》

植物

瑞々しい緑の葉をいっぱいにつけた樹木。

目薬の鋭利な水や夜の新樹

佐藤文香

目薬をさす。浸みていく目薬の刺激を「鋭利な水」と感じた。若葉が芽吹いた樹木は、瑞々しい生気を放っていて、夜目にも緑が鮮やかに美しい。新樹もまた目に刺激的に映る。

5/25

蚕豆《そらまめ》

植物

莢が空に向かってつく薄緑の大きな豆。

蚕豆の莢を過保護と思ひけり

村重香霞

分厚い蚕豆の莢を剝いてゆく。取り出した蚕豆の量の数倍もの莢が堆く積まれ、青臭い香が立ち上る。大きな蚕豆だけに莢の嵩張りも言わずもがな。「過保護」なことよ、と思う可笑しさ。

5/26

蝮《まむし》

特選

蝮瓶猫とびのきてまた静か

土屋美華

動物

毒蛇。人間を見ても逃げずに威嚇する。

蝮を漬けた焼酎の瓶を見て、猫が飛び上がった。尻尾の毛を針のように逆立て、威嚇の鳴き声もあげたのかもしれない。瓶の中で動かない蝮に安心して、やがて猫も静かにうずくまる。

5/27

蚰蜒《げじげじ》

特選

洞窟に煮炊きの跡や蚰蜒走る

いかちゃん

動物

ムカデに似た十五対の細い脚の節足動物。

洞窟の中に煮炊きの跡を発見した。雨をよけての煮炊き跡であろうが、ここは昔、家代わりの洞窟だったのかもしれない、と想像が膨らんだ。昔と変わらず蚰蜒が走り回っている。

5/28

新馬鈴薯《しんじゃが》

植物

馬鈴薯の走りをいう。皮は薄く淡白。

新馬鈴薯や農夫掌よく乾き

中村草田男

新馬鈴薯を収穫する。今年初めての収穫だ。湿り気があると腐りやすい馬鈴薯は、丁寧に土を払い乾燥させて貯蔵する。土にまみれて白く乾いた農夫の掌《てのひら》が、次々と新馬鈴薯にのびる。

今週学んだ季語を使って一句！

発想のヒント

薬箱をあけてみよう！

五月

5/29

金雀枝《えにしだ》

植物

蝶形の黄金色の花を咲かせ木全体に及ぶ。

金雀枝や基督に抱かると思へ

石田波郷

新緑の頃、小さな蝶のような花をつけた金雀枝の黄色が鮮やかだ。青い空に映える黄色になぐさめられているのかもしれない。基督《キリスト》に抱かれて光の中にいるかのような金雀枝の黄。

5/30

金魚《きんぎょ》

動物

鑑賞魚。涼しげに泳ぐ様を愛され品種も多い。

八文字ふむや金魚のおよぎぶり

永井荷風

花魁が高下駄を履いて、ゆうらり、ゆうらりと、道中にする足の踏み方が「八文字」。鰭や尾をひらひらさせながら泳ぐ金魚を見ていると、艶やかな八文字に見えてきた。

5/31

茅花流し《つばなながし》

天文

茅花の花穂を吹き渡る南風のこと。

城門の乳鋲へ茅花ながしかな

岸本葉子

門の大扉などに飾りとして打ちつけられている、半球状に膨らんだ金具が「乳鋲《ちびょう》」。しっとりと雨の気配を含んだ「茅花流し」が、乳房にも似てまろやかな乳鋲を撫でるように吹いていく。

今月、一番気に入った季語を使ってもう一句！

発想のヒント

電線の鳥を観察してみよう！

五月

六月の季語

6/1

軽鳧の子《かるのこ》

動物

軽鴨《かるがも》の子。親の後をよちよち歩く。

特選

しんがりの軽鳧の子しやがみ込むことも

谷山みつこ

親鳥の後を一列になってついて行く軽鳧の子の姿は愛らしい。微笑ましく眺めていると、一番後ろの子供がしゃがみこんでしまった。この子がどうなってしまうのか、目が離せない。

6/2

白百合《しらゆり》

植物

白い百合の花。ラッパ形で香り高い。

白百合や色を極めて夜の底

松根東洋城

夜の底とは、ただ真夜中という時間のことではあるまい。底知れない深い奈落のごとき闇であろう。冷たくて孤独な闇を照らす光のような白百合が、恐ろしいほど純白に咲き匂っている。

6/3

子鹿《こじか》

青空をもう知つてゐる子鹿の眼
星野高士

動物

鹿の子とも。鹿の子は夏に生まれる。

生れてすぐ、よろよろと四肢を突っ張って立ち上がった子鹿。子鹿の眼には、もう青空が映っているのに違いない。青空ははろばろと広がり、子鹿の誕生を祝福するかのようだ。

6/4

石鯛《いしだい》

主知的に透明に石鯛の肉め
金子兜太

動物

身体に縞があるが、成長と共に不明瞭になる。

石鯛の刺身を見ているのだろうが、「主知的に透明」とは、なんとユニークな言い回しだろう。しかも、「肉め」の助詞遣いの饒舌なこと！ なんとも旨そうな石鯛であるよ。

6/5

初袷《はつあわせ》

初袷母と好みを異にせり

人事

その年初めて冬衣を袷に着がえること。

佐藤紅緑

袷の季節となった。冬着を脱いで、気分も軽やかだ。さて、好みのままに袷に腕を通す。自分の好みが、母の好みとは全く違うことに驚く。私は私、さあ、出かけよう。

6/6

茄子漬《なすづけ》

茄子漬や父の訓にそむきたる

人事

糠漬や塩漬けにした茄子の漬け物のこと。

西村和子

茄子の艶やかな濃紺。父が好んで食していた滋味に富む茄子漬を頂くたびに、父の訓《おしえ》を思い起こすのであるよ。そして、背いてしまった訓があることも。茄子漬をきゅぬりと噛む。

6/7

百足虫《むかで》

動物

陰湿な石垣、軒下などを好む節足動物。

特選

滅茶苦茶に足投げ出して百足虫の死

津々うらら

道路に百足がひしゃげている。車に轢かれたのだろうか。足が多いことで知られる百足の死に様を、「足投げ出して」と真正面から描写した。しかも「滅茶苦茶に」とは何ともあわれだ。

今週学んだ季語を使って一句！

発想のヒント

ちょっと困っていることで一句！

6/8

蝙蝠《こうもり》

特選

世田谷に蝙蝠の飛ぶ塾帰り

蒼空蒼子

動物

夕刻に飛来し蚊などを捕食する。蚊食鳥とも。

都心と住宅地の狭間にあたり、大きな公園もあり、緑も多く自然豊かな世田谷。塾帰りの空を横切るものに気が付いた。蝙蝠だ！　東京都区内の世田谷にも蝙蝠がいるのだなあ。

6/9

田植唄《たうえうた》

風流の初やおくの田植うた

松尾芭蕉

人事

田植えをしながら歌う民謡。

奥の細道の旅。白河の関を越えて、奥州路に入った芭蕉の心を動かしたのは、「田植うた」だった。これがみちのくの風流の初《はじめ》であるなあ、との感慨。どんな歌声だったのだろう。

6/10

青葉《あおば》

植物

若葉の頃を過ぎ、緑が深くなった頃の葉。

起立礼着席青葉風過ぎた

神野紗希

開け放した教室。先生が入って来て、いつも通りの号令で授業が始まる。「起立礼着席」。その瞬間、さっと風が吹き抜けていった。瑞々しい青葉の香がともに走り抜けていった。

6/11

夜半の夏《よわのなつ》

時候

夏の夜中。夏ならではの夜の情趣がある。

特選

ガジュマルの気根のさはぐ夜半の夏

たけぐち遊子

精霊が宿る木ともいわれ、人気の観葉植物であるガジュマル。ユニークな形に育っていく気根も魅力の一つだ。つい夜ふかしをしてしまう短い夏の夜。気根も眠らずに騒いでいるのだろう。

6/12

蜘蛛《くも》

動物

尻から出す糸で巣を作り、獲物の虫を待つ。

網かけて蜘蛛には帰る家がない

矢野リンド

蜘蛛の巣は、巣と言いながら捕虫網であり、蜘蛛の家ではない。そんな現実にハッとさせられる。帰る家が無い蜘蛛の寂しさが急に襲ってくるような気がしてくる、蜘蛛も人も同じなのか。

6/13

太宰忌《だざいき》

人事

作家太宰治の忌日。桜桃忌とも。

特選

太宰忌の身体のなかの暗い水

龍田山門

人の体内には体重の約60%を占める水が存在するという。しかし、この「暗い水」は、人間の抱える鬱屈の隠喩か。太宰が山崎富栄と投身自殺した玉川上水の水をも思わせて。

6/14

桜の実《さくらのみ》

植物

桜の花が終わった後につける小さな実のこと。

逝く鳩を取り囲む鳩桜の実

神楽坂リンダ

葉の緑もどんどん深くなり、小さな桜の実も黒紫色に熟してきた。夏の日の射す木蔭の地に、死んでゆく鳩が横たわっている。その周りを鳩が取り囲んでいる。まるで弔いのようだ。

今週学んだ季語を使って一句！

発想のヒント

眠りに落ちる直前に聞いた音は？

6/15 特選

漆掻《うるしか》く

漆掻く鉋の錆や祖父の家

もりたきみ

人事

漆の木から出る乳白色の樹液を採取すること。

漆を掻くために独特な形をした鉋。鉋の切れ味が仕事を左右するというが、祖父の家で見つけた鉋は、手入れをする祖父を失い錆びてしまっている。職人だった祖父を偲ぶ。

6/16 特選

昼《ひる》の蚊《か》

ゆるゆると昼の蚊を乗せ山のバス

稲垣加代子

動物

昼間の蚊。夜にくらべておとなしい。

曲がりくねった山道を、のんびりと山のバスに揺られていると、耳元に蚊の羽音。車内に蚊が紛れ込んでいるようだ。昼の蚊はゆるゆると逃げ、バスもゆるゆると進む。

6/17

黴《かび》の花《はな》

特選

黴の花争ひ止めぬ国の旗

渥美こぶこ

植物

黴の胞子のこと。梅雨どきは発生しやすい。

テレビは連日紛争の様子を報じている。映し出された国旗は、守りたいものの象徴なのだとの思いを強くする。先日から気になっていた黴が、不穏な世界地図のように広がってきている。

6/18

夏《なつ》の海《うみ》

特選

夏の海が光線銃を撃ってくる

比良田トルコ石

地理

照りつける太陽の下、紺碧に輝く海。

弾丸の代わりに赤外線などの光線を発射する光線銃。SF映画ではないのだから、実際に命がとられるわけではないが、「海が」撃ってくると言いたくなる程の、夏の海の赫赫たる海光。

6/19

蛾《が》

動物

大半は夜行性。火蛾、火取虫とも。

特選

泥色の夜へ水色の蛾を放つ

千夏乃ありあり

泥色の夜とは土に同化したような夜の闇か。水色の蛾は、最も美しい蛾と言われる大水青かもしれない。放たれた美しい水色の個体は、泥色の夜へと吸い込まれていく。

6/20

芍薬《しゃくやく》

植物

牡丹に似た花を咲かせる。薬草として渡来。

芍薬や調合の間のあかり床

森川許六

医師が診察や薬を調合する部屋にある「あかり床」。芍薬はこの明書院に活けてあるのか。入って来る明かりになお美しく見える。ちなみに芍薬の根は薬の原料としても使われる。

6/21

夏引の糸《なつひきのいと》

人事

その年にできた繭から採った糸。新糸。

夏引の糸のもつれや妹が恋

伊藤松宇

できたばかりの繭玉から糸を引いていく。白く艶やかな新糸を丁寧に引いていくと、糸がもつれてしまった。妹の恋の行方を象徴するかのような、この糸のもつれであるよ。

今週学んだ季語を使って一句！

発想のヒント

どんな洋服が好き？　何色？

6/22

馬鈴薯の花《じゃがいものはな・ばれいしょのはな》

植物

白または淡紫で香りもある。ひなびた美しさ。

じゃがいもの花に言魂ねむりけり

佐藤鬼房

言魂《ことだま》とは、発した言葉の内容どおりの状態を実現する霊力のこと。美しく咲くじゃがいもの花を目にし、花に宿る力が、今はまだ言魂としてねむっているのだと気づく。

6/23

白夜《はくや・びゃくや》

時候

緯度の高い地域で、夜も暗くならない現象。

寺の塔宙をつんざく白夜かな

阿波野青畝

北欧かロシアの寺院だろうか。そそり立つ塔に、宙を勢いよく破るような鋭さを感じたのかもしれない。夜となっても闇に閉ざされることのない、神秘的な白夜の薄光の中で。

6/24

昼顔《ひるがお》

植物

山野に自生。朝顔に似た淡紅色の花が咲く。

特選

昼顔や女ぶたれる第六話

星月彩也華

話題になった不倫ドラマを思い浮かべたが、そう限定する必要もないだろう。昼の暑い盛りに咲き夕方にしぼむ昼顔。どんな昼間の激昂なのだろう。第六話ならまだ続きがありそうだ。

6/25

ハンケチ

人事

暑い季節には汗を拭くものが手放せない。

特選

ハンケチへ心臓ほどの緋色の実

東山すいか

ハンケチへ赤い実を包んで持ち帰る。ハンケチに包むのだから、「心臓ほどの」は、現実の大きさではないだろうが、ハンケチに包んだ瞬間、とくとくと脈打ち始めたように感じたのか。

6/26

立葵《たちあおい》

植物

ニメートルほど。ラッパ形の五弁花をつける。

立葵いま少年の姿して

岩田由美

すっと空に向かって、色鮮やかな花を穂状に咲かせる立葵。太い茎が太陽へまっすぐに伸びるさまを、少年の背のように感じたのであろう。少年の姿がオーバーラップしてくるようだ。

6/27

空梅雨《からつゆ》

天文

梅雨の時期に雨が降らないこと。

空梅雨に黄なるネクタイひるがえす

横山白虹

空梅雨の街を、ビジネスマンが歩いている。風になびいているのは明るい黄色のネクタイだ。「ひるがえる」ではなく「ひるがえす」に、雨を乞う気持ちが表れているようでもあり。

6/28

黒南風《くろはえ》

天文

梅雨に入り長雨の続く頃に吹く南風のこと。

黒南風の中より生まれ出ずる鳥

森川大和

黒い雨雲が湧き起こり、吹き付けてくる南風。黒南風の到来に、これから続く梅雨の長さを思う。黒南風の中から生まれ出たかのような鳥が、黒い影となって飛び立ち、不安を増殖させる。

今週学んだ季語を使って一句！

発想のヒント

猫のしっぽを観察してみよう！

6/29

どくだみ

植物

花びらに見える十字の白い苞を持つ。十薬。

どくだみや畳一枚あれば死ぬる

寺山修司

死ぬことなど簡単だ、だからこそ強く生きていくのだ、との覚悟を感じるのは、薬草として用いられてきた「どくだみ」との取り合わせ故か。「起きて半畳寝て一畳」、ただ生きていく。

6/30

杜若《かきつばた》

植物

アヤメ科。濃紫の花が燕の姿を思わせる。

赤犬の欠伸の先やかきつばた

小林一茶

柴犬か、秋田犬か、雑種か、茶色い日本犬がのんきに欠伸をしている。鼻の先には、高貴な色と姿を持つ杜若が咲いているのに、愛でる心などはなく、一向に気にする様子もない。

今月、一番気に入った季語を使ってもう一句！

発想のヒント

はきなれた靴の記憶は？　汚れはなぜついた？

土を詠む

学校の花壇や芋畑など、土に触れる機会はあっても、土にまみれて働く経験はなかなかありません。歳時記の「田植」の頁を開くと、日本の米作りの歴史や土の手触りが季語になっています。「田搔牛」はどんな牛？「田下駄」ってどんな下駄？　知りたくなってきませんか。

四月～六月のまとめ

半年が過ぎました。投句〆切は、２０２４年8月10日（土）必着です。投句方法は、２３２ページを参照ください。どの日付のどの季語で投句するか。他の人が選びそうもない季語に挑戦してみてもよいですね。〆切日以降の日付の季語での投句もお待ちしています。

7/1

七月《しちがつ》

時候

半ばには梅雨も明け、厳しい暑さが訪れる。

特選

キッチンを七月にするハーブ摘む　うしうし

ミント、バジル、イタリアンパセリ、ローズマリー、タイムなど個性あふれるハーブだが、七月を象徴するのは何だろう。緑の風と陽を浴びて明るく香り高いハーブを摘みにいこう。

7/2

慈悲心鳥《じひしんちょう》

動物

十一の別名。時鳥と同じく托卵する。

慈悲心鳥母の記憶の兄の顔　河野しんじゅ

母の記憶の中の兄はどんな顔をしているのだろう。私の知らない兄の顔があるのに違いない。ジュウイチ、と鳴く慈悲心鳥の声が遠く悲しげだ。正常な記憶を失った母なのかもしれない。

7/3

烏賊釣火《いかつりび》

人事

烏賊をおびき寄せるために照らす集魚灯。

天に海に烏賊船の火のともりそむ

原石鼎

沖に連なる烏賊船に、一つ一つ火が灯り始める。海に映え、天を照らし、明るく燃えさかる漁り火に目が眩みそうだ。波の下では烏賊達が、火を慕って次々と集まってきているのだろう。

7/4

網戸《あみど》

人事

虫の侵入を防ぐため、網を張った建具のこと。

生きてきて網戸はすぐに外れそう

長嶋有

「生きて」くると、人は、世渡りもうまくなり、円滑になってくる。網戸はどうだろう。すぐに外れるのは、スムーズになったのか、経年劣化なのか……。網戸よ、もう少し頑張ろうか。

7/5

金魚玉《きんぎょだま》

人事

金魚を入れた玉状のガラス器。吊して楽しむ。

特選

金魚玉おひとりさまも嫌じゃなし

三樹tack

金魚玉には一匹の金魚。澄んだ水の中、寂しさも見せずに、悠々と泳ぎ回っている。私も金魚と同じ「おひとりさま」。一人の生活を優雅に過ごすのは嫌じゃないわ。

7/6

パナマ帽《ぱなまぼう》

人事

パナマ草で作られた夏帽子。エクアドル起源。

特選

老人の今もあの歌パナマ帽

渡邉花

子供の頃の記憶に刻まれているパナマ帽の老人。あの頃と同じように、今も同じ歌を歌いながら、子供たちを楽しませているのだろうか。子ども心に憧れたパナマ帽を思い出す。

7/7

星涼し《ほしすずし》

天文

暑い夏の夜空に輝く星には涼感が感じられる。

星涼し石は太古に還りたし

門田なぎさ

きらめく星が涼しい夏の夜の河原。星の光が、石を白く浮かび上がらせている。手に取ると、まだほんのりと昼間の熱を孕んであたたかい。石は、太古に還りたいと願っているのだろうか。

今週学んだ季語を使って一句！

発想のヒント

世界一小さい○○を調べてみよう！

7/8

蚯蚓《みみず》

特選

校長の下駄箱好きな蚯蚓かな

ぱぷりかまめ

動物

雌雄同体の環形動物。多くは土中に棲む。

校長の下駄箱に蚯蚓を見つけ、大騒ぎしている子供たち。なぜだろうと話し合っている。どうやら、校長先生の下駄箱が好きなんだ、という結論になったらしい。大真面目で可笑しい。

7/9

かき氷《かきごおり》

昔愛人今は友人かき氷

朗善千津

人事

削り氷にシロップをかけて食べる。氷水とも。

オペラとシャンパン。老舗ホテルのBARのダンスと葉巻。愛人たちとの思い出には、わが人生の喜びが詰まっている。友人となった今、一緒に崩しているのは、夢の如き美しきかき氷だ。

7/10

プール

特選

百人で大波つくるプールかな

庭野環石

人事

屋外プールが夏の風情。屋内や温水もある。

学校のプールを想像した。みんなで大波を作ってみようとの試みか。皆で手をつなぎ、一斉に波を起こしていく。掛け声に交ざっていく笑い声。波も笑い声もどんどん大きくなっていく。

7/11

鯵刺《あじさし》

鯵刺も海も痛くて生きている

日土野だんご虫

動物

真っ逆さまにダイビングして魚を捕らえる鳥。

上空から海面近くの魚を狙い、急降下して刺すようにすばやく捕らえる鯵刺。痛いのは捕まった魚だけではないのだ。捕らえる鯵刺も、海も、みんな痛みを感じながら生きているのだ。

七月

7/12

合歓の花《ねむのはな》

植物

孔雀の冠羽のような紅い花。夜に葉を畳む。

水ねむれ風ねむれ合歓の花醒めよ

松本だりあ

優しい糸のような紅色の合歓の花。夜になると葉を閉じて眠ったようになる合歓の花に醒めよ、と指示することで詩が生まれた。水も、風も、全てが静かに眠る夜、合歓の花が覚醒する。

7/13

夕凪《ゆうなぎ》

天文

夕方、ぴたりと風の流れが止まる現象。

夕凪に乳啣ませてゐたるかな

久米三汀

海風と陸風とが交替する時に無風状態となる夕凪。夕方の風のなくなった頃、赤子に乳を啣《ふく》ませている。暑さはさらに増していくが、海を染める美しい夕焼けの色を眺めている。

7/14

幽霊《ゆうれい》

人事

『現代俳句歳時記』に夏の季語として採録。

特選

ゆうれいを干して畳んで仕舞いけり　クラウド坂の上

幽霊の掛け軸か。虫干しを終えて畳んで仕舞っておいたのだろう。いや、本物の幽霊かもしれないぞ。幽霊は想像の産物。干して畳んで仕舞えると思えば怖くないか。

今週学んだ季語を使って一句！

発想のヒント

おまじないの言葉で一句！

7/15 祝

水球《すいきゅう》

人事

泳ぎながらボールを奪い合う水中競技。

特選

水球を上ぐる腕より水の鰭

赤尾てるぐ

水中の格闘技ともいわれる水球。筋骨隆々とした上半身を水面へ乗り出して力強くシュートを繰り出す。水の中を自在に動く姿を眺めていると、腕から水の鰭が生えたような気がした。

7/16

西日《にしび》

天文

夏の遅い午後の日差し。やりきれないほど暑い。

特選

西日差すATMや年金日

おぐら徳

年金の支給は原則年六回、二か月分が支払われる。年金日の今日、残金もほとんどなく、ATMに向かう。少しでも暑さのおさまった夕方に、と出かけたが、西日がさしこんでやはり暑い。

7/17

向日葵《ひまわり》

植物

夏を代表する、大きな黄色い花。高く伸びる。

特選

向日葵を背に混乱の現場から

とべのひさの

混乱の現場とは、紛争か、テロか、銃撃事件か、災害か。上空を飛ぶ騒々しいヘリの音。決死の表情でマイクを握るレポーター。背後には、向日葵が静かに揺れている。

7/18

クロール

人事

涼を求め海や川などで泳ぐ、泳法のひとつ。

特選

クロールや平行四辺形の恋

立石神流

美しいフォームの見事なクロールは、第三者の視点か。泳いでいる本人か。平行四辺形の恋とはどんな恋だろう。平行線上の二組の恋？　四角関係？　胸裏をよぎるその思いとは。

7/19

藍浴衣《あいゆかた》

人事

藍染の木綿浴衣のこと。素肌に着る。

張りとほす女の意地や藍ゆかた

杉田久女

藍染は、ジャパンブルーともいわれる深く澄んだ藍色が特徴だ。そんな藍染のゆかたを選び、凛と着こなす女性。女にも張り通さなければならない意地があるのだ、と言わんばかりだ。

7/20

蚊帳《かや》

人事

蚊を防ぐための寝具。懐かしい風情がある。

特選

蚊帳くぐり海底二万哩かな

あまぶー

青い蚊帳をくぐれば、そこはジュール・ベルヌの『海底二万哩』の世界だ。不思議な海底に見立てられた蚊帳の中で冒険が始まる。今日は、だれがネモ艦長になるのだろう。

7/21

白南風《しろはえ》

天文

梅雨明けの頃、雲を一掃するように吹く南風。

特選

白南風や移動スーパー来る空き地

みのる

高齢の住民や、近隣の店の閉鎖などによる買い物難民のためにやってくる移動スーパー。到着を知らせる音楽が空地で鳴り始めた。梅雨明けを感じさせる白南風が気持ちよく吹いている。

今週学んだ季語を使って一句！

発想のヒント

お気に入りのカップに似合いそうな季語は？

7/22

浮いて来い《ういてこい》

人事

人形を浮き沈みさせる玩具。浮沈子。

日本がねぢれていいます浮いてこい

髙須賀あねご

今の日本は一体どうなっているのか。社会構造も人情もねじれてしまっているのではないか。そんなことを思いながら浮沈子を沈ませると、平然と浮かび上がってくる。

7/23

暑き日《あつきひ》

時候

夏の暑い一日。また暑い日差しも指す。

暑き日や病夢さまよふ水の音

幸田露伴

うだるような暑さの日、病に伏せっている。夢の中で、あてどもなく鬱々とさまよう。聞こえてくる水音は現実なのか、これもまた熱の見せる夢なのか。それさえ定かではなく……。

7/24

特選

扇風機《せんぷうき》

甘やかす孫と昭和の扇風機

杏乃みずな

人事

涼をとるための機械。気軽さが重宝がられる。

イヤイヤと、孫に首を振られたら、嫌いな野菜を残しても叱れない。寝る時間になってもつい遊ばせてしまう。絵本を読みきかせたら延々と寝ない。古い扇風機のご機嫌も取りつつ。

7/25

特選

冷房《れいぼう》

冷房は効き過ぎ通夜の仮眠室

奈良の真

人事

暑い部屋の温度を下げるための電化製品。

会葬者の帰った後、遺族は個人との最後の夜を夜通しで付き添う。交替で仮眠室を使うが、一人になったこの部屋は冷房が効きすぎているようだ。いや冷たいのは冷房だけではないのか。

7/26

ががんぼ

動物

蚊に似ているが、もっと大きな昆虫。

特選

ががんぼや文豪はみな夜に病む

立部笑子

夜に病んだ文豪は「みな」、どう夜を過ごすのであろう。筆の進まない夜に現れたががんぼ。もろいががんぼが、人を刺すこともなく、ふわふわと頼りなく、ただよろよろと飛んでいる。

7/27

日傘《ひがさ》

人事

様々な色柄があり、主に女性が用いる。

白日傘傾ぎ見られてゐる労働

鈴木牛後

灼けるような日差しを避けながら歩く白日傘の可憐な女性。彼女が仰ぎ見ているのは、高所の作業か。ぎらつく太陽に近い場所で、汗を流しながら真黒になって働く男たち。

7/28

三伏《さんぷく》

時候

初伏、中伏、末伏の総称。夏最も暑い時期。

特選

三伏やタイの煙草は象の柄

多喰身・デラックス

最も暑い三伏の時期。タイの煙草には象の柄が描かれている。そう言えば、タイでは象は特別な存在で、古い国旗には象が書かれていたそうだ。タイの暑さを思いつつ吹かす煙草。

今週学んだ季語を使って一句！

発想のヒント

ロマンチックな○○を考えよう！

七月

7/29

特選

飛び込み《とびこみ》

人事

水泳競技。「泳ぎ」の傍題として夏に分類。

飛び込みの己の影に吸ひ込まる

夢見昼顔

跳躍から着水までわずか2秒のダイビング。飛び板の先端に立って弾力を利用して跳ね上がり、着水する。水面が近づくと共に、どんどん自分の影が大きくなり、吸い込まれていくようだ。

7/30

日盛《ひざかり》

天文

真夏の最も太陽の強く照りつける時間帯。

日盛りやひらきて貝のしづかなる

杉山久子

一日で最も暑い日盛り。灼けるような真夏の太陽が容赦なく照り付けている。砂に打ち上げられた二枚貝は、ひらいたままにその内側を白く晒してしづかに乾いている。

7/31

上布《じょうふ》

うち透きて男の肌白上布

松本たかし

人事

麻の織物の一種。高級な和服に使用される。

糸が細ければ細いほど、織りあがった布が薄ければ薄いほど珍重される上布。純白の着物から透《す》けて見えるのは、男の肌《はだへ》だ。上布を通して、男性らしさが匂い立ってくる。

今月、一番気に入った季語を使ってもう一句！

発想のヒント

体を撫でてみよう！　どんな感触？

七月

8/1

跣足《はだし》

自転車の修理の側に裸足の子

人事

靴下を履くと暑いので、夏は素足で過ごす。

朗善千津

昔ながらの自転車屋の店先。日陰とはいえ作業をしているとじっとり汗ばむ。側で待つ持ち主は見事に日焼した裸足の子。修理が終わった途端、自転車に飛び乗って遊びにゆくのだろう。

8/2

夜の秋《よるのあき》

特選

突き当り右が女湯夜の秋

時候

暑さの中にも、ふと秋の気配が感じられる夜。

稲畑とりまる

少しひんやりしてきた空気が秋も遠くないことを感じさせる旅の夜。一日の疲れを癒やすべく大浴場へむかう。突き当たり右が女湯かと確かめる。何気ないその心持ちも旅の風情だ。

8/3

熱砂《ねっさ》

風じゃなくあれは熱砂の迫る音

大塚迷路

地理

裸足で踏むと灼けてしまいそうに熱い砂。

凶暴なほどの陽射しの中、ふと音を聞いた。風音か。いや違う、あれは灼けた砂の音だ。全てを焼き尽くす炎のような勢いで、ざざざざ……と熱砂が襲うように迫りくる音だ。

8/4

揚花火《あげはなび》

揚花火しばらく空の匂ひかな

岡田一実

人事

夜空を彩る美しさ華やかさ儚さが詠まれる。

花火が開ききった後の空。それまで気づかなかった火薬の香がふと鼻をつく。どこか懐かしいような香に夏の終わりを感じているのかもしれない。空の匂いがしばらく胸を満たす。

8/5

夏の果《なつのはて》

特選

夏の果タイヤの小石掻きだしぬ

さ乙女龍チヨ

時候

夏の終わり。夏を惜しむ思いがこもる。

空の色にも風の香にも晩夏の気配の濃い日。労わるようにタイヤの溝に嵌った小石を掻き出す。それは夏の楽しかった思い出を取り出すのにも似て、うっすら淋しい気分にさせる。

8/6

酷暑《こくしょ》

特選

酷暑の面会寒くないかと父

湯屋ゆうや

時候

ひどく暑いこと。夏の暑さの最も極まる時。

酷暑の日の面会。室内は寒いほど冷房が効いているのか、あるいは父親は暑さ寒さを感じる機能が衰えているのか……。吾が子を「寒くないか」と案じる心根が有難くも哀しい。

8/7

炎天下《えんてんか》

天文

夏の灼け付くような太陽の日差しの下。

特選

炎天下巨大看板には笑顔

月影の桃

炎天下に聳える巨大看板には白い歯を見せて笑っている顔。灼けつく日差しを遮るものも無いというのに、何と能天気に暑苦しいことだろう。ますます暑さが募ってくるようで。

今週学んだ季語を使って一句！

発想のヒント

嫌なことがあった日に食べたいものは？

8/8

八月《はちがつ》

戦艦の全長見たり八月来

岸本葉子

時候

立秋近くなると、厳しい暑さも衰えてくる。

今、現役の戦艦は無いという。全長を見たのは係留されている艦か。黒々と巨大なその影。今は波に揺蕩うだけの艦にも戦火を交えた過去があった。また来る八月に深く平和を祈る。

8/9

西瓜《すいか》

出女の口紅をしむ西瓜かな

各務支考

植物

元は秋に多く出回った。最近は早生物が多い。

出女が西瓜を食べている。口紅が取れてしまうのを気にしながらも、食べずにいられぬらしい。多くは私娼を兼ねたという出女の境遇を思えば、そんな姿にさえ哀れが滲むようだ。

8/10

乞巧奠《きこうでん》

人事

裁縫が上達するよう祈って祭りを行う。

日の入りて空の匂ひや乞巧奠

椎本才麿

織女にあやかって、機織りや裁縫の上達を祈る乞巧奠。日が沈み空にもそれらしい趣が感じられてきた。この空の天の川を渡って、牽牛と織女は年に一度の逢瀬を叶えるのであろう。

8/11 祝

草いきれ《くさいきれ》

植物

炎暑の頃、草の茂みから立ちのぼる熱気。

特選

草いきれ廃墟に回る換気扇

いさな歌鈴

主のいない庭の草いきれがむっと身を包む。廃墟の換気扇がゆるゆる回っている。風のせいだと分かっていても、得体の知れぬものが潜んでいそうで、不意に怖くなってしまう。

8/12

秋日和《あきびより》

畳屋の肘が働く秋日和

草間時彦

天文

秋のよく晴れて爽やかな天気。その空模様。

昔気質の職人による、きびきびと無駄なく小気味よい手縫いの作業。まさにこの肘《ひじ》の動きが肝なのだろうと眺める。よく晴れて気持ちのいい日和。作業もますますはかどっていく。

8/13

棚経《たなぎょう》

棚経や衆生の中に赤ん坊

岩田由美

人事

菩提寺の僧侶が自宅に来て読経すること。

ご住職にお経をあげていただくため、集まった家族。今年はその中に赤ん坊が加わった。笑っていても泣いていても愛らしい。ご先祖様もにこにこと赤ん坊を見守っておられるだろう。

8/14

馬鈴薯《じゃがいも・ばれいしょ》

植物

形が馬の鈴に似るゆえ馬鈴薯の名がある。

特選

馬鈴薯や納屋に豊かな闇のあり　夏湖乃

少し埃っぽくて土の匂いがする薄暗い納屋。そこには、額に汗して働いた日々の結実である馬鈴薯がこんなにもたっぷり保存されている。納屋の闇の、なんと豊かであることよ。

今週学んだ季語を使って一句！

発想のヒント

雨の音をたくさん書きだしてみよう！

8/15

盆の月《ぼんのつき》

天文

盂蘭盆の夜の月。陰暦七月十五日の月。

浴して我が身となりぬ盆の月

小林一茶

お盆の行事のあれこれを終え、浴《ゆあみ》をする。さっぱりと昼間の汚れを洗い流すと、やっと自分の身体をとりもどしたような気がする。窓から見える盆の月がしみじみと美しい。

8/16

流灯会《りゅうとうえ》

人事

盆の十六日の夜、川や海に灯籠を流す行事。

空の闇水の闇濃し流燈会

高橋淡路女

夜風が心地よい水辺に集い、灯籠を流す。灯籠の他には灯りらしい灯りは無い。空も水面も闇がくろぐろと濃い。その中を流れてゆく灯籠は、私たちの祈りを乗せて切ないほど美しい。

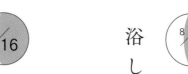

8/17

秋蟬《しゅうせん》

秋蟬や卓にちらばる刺繡糸

野沢節子

動物

立秋を過ぎて鳴く蟬。淋しげに聞こえる。

暑さは残っているが、次第に秋めいてくる日々。蟬の声も心なしか張りが失せているようだ。卓には刺繡糸が散らばっている。夢中に刺していたのか。集中できぬまま、手を止めているのか。

8/18

秋暑《しゅうしょ》

運河暗し秋暑捨つべきところなく

大谷碧雲居

時候

立秋を過ぎてもなお暑さが続いていること。

厳しい残暑の中、運河のほとりを歩く。水面は重たげに暗い。この鬱陶しい秋暑、そして心の屈託をそっくり捨ててしまいたいものだが、どこにも捨てどころなど見つからない。

八月

8/19

赤《あか》まんま《まんま》

植物

犬蓼の花。赤飯に見立て遊ぶことに由来。

赤まんま空地に捨てゝある枕

秋元不死男

赤まんまが咲いている空き地に枕が捨ててある。埃と土にまみれた雨ざらしの枕はいかにも汚らしい。赤まんまの花が可憐であればあるほど、捨てられた哀れさが際立ってくるようで。

8/20

新豆腐《しんどうふ》

人事

新大豆で作られた豆腐。収穫への寿ぎも。

特選

塩田の塩はやはらか新豆腐

横縞

塩なんてどれも同じだろうと思っていたが、塩田で作られた塩の柔らかな旨味に驚く。新豆腐の瑞々しく繊細な味を邪魔することなく引き立ててくれる。あぁ塩も新豆腐も美味い！

8/21

ちんちろりん

動物

松虫のこと。チンチロリンと鳴く。

風の音は山のまぼろしちんちろりん

渡辺水巴

今はもうまぼろしのような、懐かしい故郷の山を想ってでもいるのだろうか。涼やかな風の音に混じる松虫の鳴き声の美しいこと。目を閉じて、その澄んだ声にしばし耳を傾けよう。

今週学んだ季語を使って一句！

発想のヒント

癒してくれる飲み物は？　どんな名前？

8/22

秋の雷《あきのらい》

天文

夏の「雷」とは違う一抹の寂しさがある。

船中の寝覚に聞くや秋の雷

村上鬼城

明け方、船室にふっと目覚める。波の音、船の音を切り裂くように鳴り響く秋の雷。旅の途上ということもあいまって、心細いような侘しいような気分で、一人その音を聞いている。

8/23

男郎花《おとこえし》

植物

女郎花に良く似るが花が白くやや大きい。

不退転とは崖に咲くをとこへし

鷹羽狩行

何事にも屈しない強い心根。崖に咲く男郎花こそが、それであるという。激しい風に煽られ雨にしたたか打たれても、しゃんと立って花を咲かせる。我が心もかくあれ、と願う。

8/24

地蔵盆《じぞうぼん》

人事

地蔵信仰から生まれた子供の縁日の行事。

特選

地蔵盆お腹の子にも鳩サブレ

椋本望生

今日は子供たちが主役の祭、地蔵盆。参拝の子には鳩サブレが配られている。まだお母さんのお腹の中にいる子にまで。ほのぼのした気分で食べるお菓子の甘くて美味しいこと。

8/25

秋風《あきかぜ・しゅうふう》

天文

秋に吹く風。心情の淋しさを託して詠まれる。

秋風や屠られに行く牛の尻

夏目漱石

実は痔の手術をする作者自身を詠んだ句だというが、その事実を離れても味わい深い。秋風の中を屠《ほふ》られにゆく牛。その尻に焦点を当てた描写は少し滑稽、そして哀感はひとしお……。

8/26

葛の花《くずのはな》

葛の花清く正しくなどまつぴら

中原道夫

植物

秋の七種。穂に紫紅色の花をつける。

秋の七種なのに、葛の花は風流には程遠い。すさまじい勢いで蔓延っていく。「清く正しく？そんなの真っ平！」と言わんばかり。その生命力に思わず「あっぱれ！」と言いたくなる。

8/27

馬追《うまおい》

馬追の長き髭ふるランプ哉

正岡子規

動物

触覚は体の倍ほどある。「すいっちょ」とも。

ランプの灯に浮かぶ馬追の姿。長い髭をしきりに振っている様子に興を覚え、しばらく見入る。ランプの灯はほのぼのと心にともるような優しい色。静かに秋の夜は更けてゆく。

8/28

身に入む《みにしむ》

時候

秋のもの寂しさをしみじみ感じること。

身に入みて悲しきものは女かな

青木月斗

深まる秋のこのうら淋しさのように、女とはなんと悲しいものだろう……。女性という存在そのものに想いを馳せたのか。誰か特定の人が心に在ったのか。物思う秋である。

今週学んだ季語を使って一句！

発想のヒント

道端の小石になったら何が見える？

8/29

荻の声《おぎのこえ》

特選

古伊万里は偽物だらう荻の声

植物

荻の葉に吹く風の音。秋の到来を感じさせる。

葦屋蛙城

良く出来てはいるが、この古伊万里は偽物だろう。偽物を作って売ろうという人の心も、騙されて買ってしまう行為も侘しいものだなあ。風に吹かれる荻の乾いた音のように……。

8/30

花木槿《はなむくげ》

墓地越しに街裏見ゆる花木槿

植物

花は白や紫。庭木や茶花として好まれる。

富田木歩

表通りに比べ、どこかくすんだような佇まいの街裏の眺め。墓地越しに見れば、なお侘しく見える。華やかに咲いていても一日で萎んでしまう木槿もまた、淋しさを潜ませた花だ。

8/31

蚊帳《かや》の別《わか》れ

人事

秋になっても吊っている蚊帳のこと。

朱の緒のなほ艶めくや別れ蚊帳

前田普羅

蚊の姿がめっきり減ってきた。片づけなければと思いながら、まだ吊ったままに残している。朱色の緒が一段と艶やかに見えるような気がしてきたのは、秋の風情のせいであろうか。

今月、一番気に入った季語を使ってもう一句！

発想のヒント

明かりを消した寝室は何色？

9/1

風の盆《かぜのぼん》

人事

富山で九月一日から三日間行われる行事。

山垣の上の金星風の盆

上村占魚

越中おわら節の哀調を帯びた旋律が流れ、ゆるやかにあでやかに踊り手が町を練り歩く。その八尾の町を囲むように遠く近く連なる山々。その上の金星も殊のほか美しく忘れ難い夜だ。

9/2

蜩《ひぐらし》

動物

明方や夕暮、カナカナと美しく鳴く蟬。

蜩といふ断裂を聴きゐたり

平井照敏

蜩の声を「断裂」と捉えた発想にはっとさせられる。「カナカナ……」という声には、確かに冷ややかな刃にも似た美しさがある。その声が断ち切ったのは過去か、心の迷いか、執着か。

9/3

鈴虫《すずむし》

特選

鈴虫や今日は怒りにうち震え

望月美和

動物

鈴を振るような声の虫。飼育される事も多い。

許しがたい出来事があった。怒りにうち震えるこの感情をどう処理したものであろう。鈴虫はただ無心に鳴いている。鈴虫よもっと鳴いてくれ。この感情を浄化してくれよ。

9/4

秋の蠅《あきのはえ》

気圧の谷通過中なる秋の蠅

川上弘美

動物

うるさく嫌われる蠅も、秋には鈍くなる。

秋になって、元気を失って弱々しさを見せるようになった蠅。その動きを、気圧の谷を通過中のようだ、と把握しているのが可笑しい。よろよろとした飛び方だろうと想像が膨らむ。

9/5

星月夜《ほしづきよ》

天文

月のない秋の夜の星空。月下の明るさはない。

星月夜男の数だけ在るベンチ

谷さやん

満天の星が美しい夜。星空を眺められるいくつものベンチがある公園であろうか。ベンチも男も、星の数ほどあるのだ。ベンチに掛けてそう言い聞かせつつ、心を慰めているのかもしれない。

9/6

田村草《たむらそう》

植物

薊によく似た花だが、葉に棘がない。

山に来て穂田を見下ろす田村草

森澄雄

山に登るさわやかな秋の日。日当たりのよい場所には田村草がすっくと育ち、紅紫色の花が迎えてくれた。田村草と共に眼下の田を見下ろせば、はや稲穂が色づいてきているようだ。

9/7

秋天《しゅうてん》

天文

秋の空のこと。高く澄んで美しい。

特選

秋天や二十三歳キリン雌

柿司十六

澄んだ秋空へぬっと伸びているキリンの首という図は、童画めいて楽しい。このキリン、二十三歳の雌だという。人間ならもうお婆ちゃんか。元気でもっともっと長生きしてね！

今週学んだ季語を使って一句！

発想のヒント

洗濯を干す時に聞こえる音は？

9/8

露《つゆ》けし《けし》

天文

露にぬれて湿っぽい。露が多く置いている。

犬が犬の匂ひの露けき

中塚一碧楼

犬が犬の匂いをさせているなんて、分かり切った当たり前のこと。けれどそれは、犬が犬である証しでもある。やがて露のように消えてしまう命が、今ここにきらきらと匂っている。

9/9

鯊《はぜ》の《の》潮《しお》

動物

鯊は潮の干満によって移動を繰り返す。

水中に石段ひたり鯊の潮

桂信子

海へと降りてゆく石段。潮が満ちてきて、先の方は水中に浸っている。この上げ潮に乗って鯊の群れもやってきたようだ。そこかしこにいる釣り人の姿もまた豊かな秋の景のひとつ。

9/10

竈馬《いとど》

壁のくづれいとどが髭を振つてをり

臼田亜浪

動物

長い触角を持ち、飛び跳ねる。鳴かない。

もう誰も住んでいない家。既に壁は崩れ、庭は荒れはてている。いとどがひっそりと髭を振っているばかり。剽軽なその姿が、かえって凄まじいまでの侘しさを際立たせるようだ。

9/11

鶏頭花《けいとうか》

特選

人類も闌けてしまひぬ鶏頭花

石浜西夏

植物

花は鶏冠に似ている。鮮烈な赤の印象が強い。

秋日の中、鶏頭花が燃え立つように鮮やかだ。秋も鶏頭も、そして人類も今が盛り。いや、とうに闌《た》けて盛りは過ぎてしまったのかもしれない。鶏頭の緋色がふと終末の色にも見えて。

九月

9/12

とんぼう

動物

すいすいと空を飛ぶ様子がいかにも秋らしい。

とんぼうや水輪の中に置く水輪

軽部烏頭子

とんぼの産卵風景だろう。水の上を飛び交いながら、ちょんちょんと水面に卵を産みつける。小さな水輪が生れ、そこへまたとんぼが小さな水輪を作る。大切な卵をそっと置くように。

9/13

仲秋《ちゅうしゅう》

時候

秋のなかば。陰暦八月の別称。

仲秋や互にひろき海と陸

高浜虚子

風は爽やかに吹き、空も水も清らかに澄んでいる。この季節のなんと気持ちの良いことよ。海も陸もなんと広やかに美しいことよ。大らかで大胆な仲秋という季節への讃美。

9/14

栗飯《くりめし》

人事

新栗を炊き込んだご飯。秋の味覚。

栗飯のまつたき栗にめぐりあふ

日野草城

栗のたっぷり入った旨そうな栗飯。その中に、少しの欠けも傷もない、丸ごとひとつの完璧な栗が入っていた。「めぐりあふ」という大げさな措辞から、嬉しさと美味しさが伝わってくる。

今週学んだ季語を使って一句！

発想のヒント

晴れた日に見渡すと何が見える？

9/15

草の実《くさのみ》

払ひきれぬ草の実つけて歩きけり

長谷川かな女

植物

雑草は花が終わった秋に実を結ぶものが多い。

秋の野に遊んだ帰り。気がつけば服のあちらこちらに草の実がくっついている。とても全部は払いきれない数だ。えい、もうこのまま歩こう。これもまた秋の楽しみであるよ。

9/16 祝

二日月《ふつかづき》

特選

二日月ぼんやり始発待つ賢治

沢拓庵

天文

陰暦八月二日の月。日没頃僅かの間出る。

糸のように細く淡い光の二日月。「ぼんやり」はこの月の形容でもあるし、待つ人の様子でもあるだろう。始発駅でぼんやり空を眺める賢治の目には銀河鉄道が見えているのだろうか。

9/17

名月《めいげつ》

天文

陰暦八月十五日の月。十五夜、良夜とも。

名月や痛覚なしに髪伸びて

岡田一実

煌々と空を渡る今宵の月。ふと、髪は切っても捩じっても、そして伸びてゆく時にも痛みを覚えることが無いなあと気づく。名月の光を浴びつつ、髪は今日も少しずつ伸びていく。

9/18

無月《むげつ》

天文

名月の夜、雲に覆われて月が見えないこと。

べうべうと汐引く川の無月かな

飯田龍太

はるか遠くへと汐が引いてゆく。空一面を覆った雲は、名月をすっかり隠してしまっている。暗い河口からは瀬音波音が重く聞こえてくるばかり。夜風がひやひやと肌を過ぎてゆく。

9/19

雨月《うげつ》

五六本雨月の傘の用意あり

日野草城

天文

名月の夜、雨のために月が見えないこと。

名月を眺め賞するための集いだというのに、どうも雨になりそうな雲行きだ。傘は五六本用意してはあるが、使わないですむよう願いたいものだ。どうぞ綺麗な月が見られますように。

9/20

初潮《はつしお》

初潮や鳴門の浪の飛脚船

野沢凡兆

地理

陰暦八月十五日の大潮。夜に最も高くなる。

初潮の夜、鳴門《なると》の荒い浪《なみ》の中を飛脚船《ひきゃくぶね》が進む。海水は、渦を巻きながら激しく流れている。緊張感を持ってひた急ぐ飛脚へ、十五日の月は煌々と照っているだろう。

9/21

ひやひや

時候

秋になって心身共に感じる寒さの感覚。

ひややと積木が上に海見ゆる

河東碧梧桐

この「積木」は、神社や仏閣の庭前で燃やすために積まれた木組だと読んだ。積まれた木はもちろん、その上に遠く見えている海もまた、ひやひやと秋めいた色に感じられる。

今週学んだ季語を使って一句！

発想のヒント

今年の月で一句！

9/22 祝

鯔《ぼら》

鯔の飛ぶ夕潮の真ッ平かな

河東碧梧桐

動物

水面を跳ね上がる。呼び名を変える出世魚。

さっきから鯔がしきりに夕潮を跳んでいる。波はどこまでもゆったりと穏やかで、ほとんど真っ平に見えるほどだ。夕映え色の景色の中を、腹の銀白色が生き生きときらめいて。

9/23

花野《はなの》

天渺々笑ひたくなりし花野かな

渡辺水巴

地理

秋の草花が咲き乱れる野。華やかさと寂しさと。

秋天のなんと果てしなく、どこまでも澄みきって広大なことだろう。そして、秋の草花が咲き競う野に立つ自分のなんとちっぽけなことだろうか。笑いたくなってしまうくらいに。

9/24

白粉花《おしろいばな》

白粉花吾子は淋しい子かも知れず

波多野爽波

植物

小さな種子を割ると白い粉質がつまっている。

夕暮から咲き始めた白粉花は、ほんのりと優しく、少し淋しく匂う。その香に、ふと我が子の姿を想う。いつも明るく振る舞っているけれど本当は淋しい子なのかもしれない。

9/25

秋の蚊《あきのか》

秋の蚊のよろ〳〵と来て人を刺す

正岡子規

動物

秋になっても飛んでいる蚊のこと。

秋だというのにしつこく飛んでいる蚊も、さすがに夏の元気は無い。よろよろ、へろへろと飛ぶ様子は頼りなげで哀れである。とは言え、蚊は蚊。やはり人を刺していくのであるよ。

9/26

案山子《かがし》

人事

稲を鳥獣から守るために立てる人形。

特選

裏側は怖い顔している案山子　笑松

「へのへのもへじ」のおどけた顔の案山子をじっと見ていると、その顔がじわじわと怖く感じられてくる。ひょっとすると、とぼけた顔の裏側に隠し持つ人間の恐ろしさを描いているのか。

9/27

穴惑い《あなまどい》

動物

彼岸後も冬眠の穴に入らず残っている蛇。

錠剤のつつかへつかへ穴惑　蜂谷一人

錠剤が咽喉につっかえてつっかえて上手く飲みこめない。咽喉に違和感が残ったままで、どうにも気持ち悪い。穴惑の蛇とはそんなものだろう。そして、穴惑の蛇のような自分であるよ。

9/28

落鮎《おちあゆ》

動物

秋になって、産卵のために下る鮎のこと。

落鮎や流るる雲に堰はなく

鷹羽狩行

秋、鮎たちは命がけで川を下り、産卵して生涯を終える。産卵のためだけに困難を乗り越えながら流れを下っていくのだ。堰も無い秋の澄み切った大空を、雲は悠々と流れていくのに。

今週学んだ季語を使って一句！

発想のヒント

家にはどんな時計がある？　何種類？

9/29

小鳥来る《ことりくる》

特選

小鳥来る絵からとび出たような庭

石田ツヱ子

動物

秋になると小さな鳥類が日本へ渡ってくる。

楽しい絵本、印象派の絵画、繊細なペン画、水墨画……小鳥がやって来るのは、どんな絵から飛び出た庭だろう。それとも庭にやってきた小鳥たちの様子を、絵本のように感じているのか。

9/30

夕霧《ゆうぎり》

天文

夕方にかかる霧のこと。夕方ならではの情緒。

静けさや夕霧醸す池の面

松根東洋城

何としみじみと静かな夕べだろう。まだ仄明るい池の面《おも》には霧が立ちそめている。まるで池が夕霧を醸《かも》したかのような風情。動くものとて無いこの静寂を、心ゆくまで楽しもう。

今月、一番気に入った季語を使ってもう一句！

発想のヒント

好きな絵本は？　どんなタイトル？

風を詠む

「秋風」には名句が多いですね。毎年やって来る「台風」と古い呼び名である「野分」。「やまじ」「おしあな」も風の名です。鮭が上れば「鮭《さけ》颪《おろし》」、黍の葉に吹く「黍嵐」、雁が渡れば「雁渡し」。「二百十日」に風を鎮める「風祭」。「風の盆」は、夜通し踊る富山の行事です。

七月〜九月のまとめ

秋らしくなってきました。俳句の投句はできましたか？　締め切りは過ぎましたが、ご自身の句を清書しながら、改めて推敲してみましょう。

投句の締め切りは、2024年8月10日(土)必着です！

10/1

貝割菜《かいわりな》

植物

芽が出てすぐ双葉の時に食べる野菜の総称。

爆音の跡絶えぞつくり貝割菜

野沢節子

すさまじい爆音が跡絶《とだ》えて、あたりはしんと静かになった。目の前にはそっくり全て貝割菜の畑。一つ一つは弱々しくとも、爆音に負けぬしたたかな命がみっしりと育っている。

10/2

猿酒《さるざけ》

人事

猿が貯めた木の実が自然に発酵した酒。

猿酒かかんばせを打つ滴あり

阿波野青畝

森の中、大きな樹から落ちてきた滴《しずく》が顔を打った。見上げれば洞のようなものがある。この洞から落ちてきた滴か……、と思ったとたん猿酒ではないかとの期待が膨らんできた。

10/3

茜掘る《あかねほる》

人事

山野で、薬草の茜を採取すること。

茜掘夕日の丘を帰りけり

尾崎紅葉

あちこちに自生している茜を掘る。土の中から現れた根は、その名の通りの茜色。そして、丘も自分も全てが夕日を浴びて仄かに優しい茜色になっている中、帰路につくのであるよ。

10/4

宵の秋《よいのあき》

時候

秋、日が暮れてまだ夜の更けわたらぬ頃。

向ひ家の琵琶きゝつ寝る宵の秋

富田木歩

お向かいの家から聞こえてくる琵琶の音。いかにも秋の夕暮にふさわしい、心に沁みるような音色だ。この音色をききつつ寝る宵の秋とは、風流なものだなあ。

10/5

秋晴《あきばれ》

秋晴のいづこに聖地かくるるや

平井照敏

天文

秋空が澄んで爽やかに晴れ渡っていること。

よく晴れて美しい完璧な秋の日。隈なく明るく、全てがくっきりと澄んでいて、隠せるものなど全く無さそうだ。この明るさの中の、いったいどこに聖地は隠れているのだろう。

10/6

花芒《はなすすき》

詩は今も波に洗われ花芒

谷さやん

植物

芒の花穂が開いたもの。秋の代表的な景である。

この波は時の波だろうか。それとも、たゆたう人の想いだろうか。詩は、その見えない波に今もなお洗われつづけている。この花芒が風の波にいつまでも揺れつづけているように。

10/7

紅茸《べにだけ》

植物

毒茸とされるが、毒のあるものは少ない。

紅茸を怖れてわれを怖れずや

西東三鬼

見るからに毒々しい色の紅茸。人は、ひどく怖がって、手を触れようとさえしない。怖れることを知っているのに、何をしでかすか分からない、自分自身は怖れないのになあ。

今週学んだ季語を使って一句！

発想のヒント

風の音をたくさん書きだしてみよう！

10/8

稲光《いなびかり》

くらがりの手足を照らすいなびかり

山口誓子

天文

稲の結実期に多く起こる。稲妻とも。

くらがりの中で、閃光に白く浮かび上がる手足。誰のものとも言わず、ただ「手足」とだけあるのが少し怖ろしい。稲光が走った一瞬の緊張そのものが強く印象づけられるようで。

10/9

鰯引く《いわしひく》

鰯引き見て居るわれや影法師

原石鼎

人事

地曳網などを引いて鰯を獲ること。

鰯漁で賑わう浜。威勢の良い掛け声と共にたくましい男たちが網を引く。それをただ突っ立って所在なく見ているだけの自分。ゆらゆらと頼りなく小さな、その影法師。

10/10

林檎《りんご》

植物

甘酸っぱく、生食以外にも用途が多い。

特選

赫赫と滅びの林檎灯る家

七瀬ゆきこ

かっと燃え上がるような赫に熟した林檎。艶やかに美しい、それは滅びの色かもしれない。灯すように置くと、この家が滅びていく先を照らす灯のようにさえ思えてきて……。

10/11

蓑虫《みのむし》

動物

葉片などで作った蓑のような巣に潜む。

特選

蓑虫の此処がこだわりだろう枝

胡麻栞

適当に葉片や小枝を集めて作ったのかと思いきや、蓑虫なりのこだわりがあるらしい。この枝など特に念入りに仕上げているようだ、としげしげと蓑虫に見いってしまう。

十月

10/12

熟柿《じゅくし》

植物

盛りを過ぎて熟しきった柿の実。

風吹いてゐるとも見えぬ熟柿かな

岸本尚毅

柿の実が鮮やかに熟している。気持ち良い秋風が吹いているけれど、熟れた実は存在感をはなっていて、風があるようにも見えない。一幅の日本画のような、美しく静かな眺めだ。

10/13

秋暮る《あきくる》

時候

秋が終わっていくこと。秋の夕暮ではない。

生きざまの流浪にも似て秋暮るる

鈴木真砂女

深まりゆく秋に我が身の来し方を振り返る。あてどない流浪の旅にも似た生き様であったことよと、今さらながらしみじみと思い起こす。決して後悔はしていないけれど……。

10/14 祝

檸檬《れもん》

植物

強い酸味と香りが特徴。鮮やかな黄色に熟す。

特選

失恋へ麻酔のやうに吸ふ檸檬

一斤染乃

恋を失った痛みが、きりきりと私の心を蝕んでいる。どれだけ泣いても痛みは消えない。手に取った檸檬を吸う。ああ、麻酔のように心の痛みを一時でも忘れさせてくれないものか。

今週学んだ季語を使って一句！

発想のヒント

文化祭の思い出は何？　出し物？　展示？　模擬店？

10/15

鵯《ひよ・ひよどり》

あなたきらひですひよ鳴いてをります

川上弘美

動物

鵯《ひよどり》のこと。甲高くピーヨピーヨと鳴く。

「あなたなんて嫌い」とのつぶやきは、紛れもない本心であるし、けれど同時に嘘でもあるのだろう。背反するその気持ちが、鵯の鋭く甲高い声となって空へ響いているかのようだ。

10/16

榲桲《まるめろ》

世をすねし様にまるめろゆがみしよ

島田五空

植物

果実は黄色で酸っぱく芳香がある。

ごつごつといびつなマルメロの実。こんなに歪んでしまったのは、世の中のあれもこれも気にくわなくて拗ねたせいか。そう、不満を胸に抱えて生きているこの自分みたいに。

10/17

銀杏《ぎんなん》

特選

銀杏や掃除係の吾子帰る

稲畑とりこ

植物

銀杏が黄葉する頃、熟す丸い実。食用となる。

当番ではなく「係」なので、ちょっとした掃除の責任者なのだろう。役目を終えた子が、今日も元気よく帰ってきた。熟した銀杏が歓迎するようにころころと落ちている家に。

10/18

末枯野《うらがれの》

末枯野何か忘れてきし思ひ

中村苑子

地理

晩秋、草木の葉や枝が枯れてゆく頃の野。

花の色はおおよそ失せて、草木も枯れ始めている晩秋の野。侘しい景色の中に佇むと、何か大切なものを忘れてきたような思いにからられる。ひえびえと虚ろな心を秋風が吹きわたる。

十月

10/19

秋時雨《あきしぐれ》

天文

晩秋に、降ってはすぐにやむ雨のこと。

秋時雨頬をさゝへたる掌

石橋秀野

頬杖をついて、ぼんやり物思いにふけっていた目を上げる。やんだかと思っていたのに、また秋の時雨が降り始めていて、少し肌寒い。頬《ほ》を支えている掌だけはほんのり温かいけれど。

10/20

夜《よ》なべ

人事

秋の夜長を利用して仕事の続きを行うこと。

特選

朝市の団子丸める夜なべかな

こんぺいとう

明日はよく晴れた行楽日和になりそうだ。朝市にやって来るお客さんもきっと多いことだろう。ひたすら団子を丸める夜なべ仕事にも気合が入る。どうぞたくさん売れますように。

10/21

水霜《みずしも》

天文

露が氷って霜のようになり区別できない状態。

朝風や水霜すべる神の杉

幸田露伴

朝の風が吹きぬける参道。人々の信仰を集めている老杉を見あげた。霜のように氷った露が、その肌をすべり落ちる。ひやひやとした空気に、身も心も晴れやかに引き締まるようだ。

今週学んだ季語を使って一句！

発想のヒント

木の実の名前を調べてみよう！

10/22

藁塚《わらづか》

人事

新藁を刈田の後に円筒状に積み上げたもの。

特選

藁塚の根元に野ねずみが根城　折野伸明

刈田の藁塚の根元に野ねずみの巣を見つけてしまった。暖かくて居心地よさそうな、まさに根城。農家にとっては害獣だが、撤去するのも気の毒なような。さてどうしたものか……。

10/23

夜学校《やがっこう》

人事

夜間に授業を行う学校。年代や職業は様々。

窓の外にゐる山彦や夜学校　芝不器男

山里の夜学校だろう。窓の外は深く濃密な闇。そこには山の霊がひっそりと佇んで生徒を見ているのかもしれない。一緒に授業を受けたいのかもしれない、なんて気がする秋の夜長。

10/24

秋祭《あきまつり》

人事

秋に行われる祭。収穫を神に感謝する。

大学のなかぬけて来て秋まつり

久保田万太郎

大学の構内を通り抜けて通りに出ると、ずいぶん賑やかだ。どうも秋まつりが行われているらしい。子供たちの歓声、揃いの法被を着た若い衆、神輿、屋台……心が浮き立ってくるよ。

10/25

満天星紅葉《どうだんもみじ》

植物

満天星躑躅の葉が紅葉すること。

満天星の紅葉の上の此日暮る

田村木国

赤の極みのように鮮やかな満天星紅葉。その上に輝いていた太陽も、今日という一日ももう暮れる。次第に暗くなってくると、満天星紅葉の色はまっさきに闇に溶けてゆくのだろう。

10/26

夜学《やがく》

特選

うどんしか点かぬ夜学の券売機

青居舞

人事

夜間に学校で学ぶこと。夜、学問をすること。

夜学の授業の前の腹ごしらえ。蕎麦、カレー、親子丼……いろいろあるのに食券のランプが点くのは「うどん」のみ。あったまるしまあいいか、と気を取り直してボタンを押す。

10/27

冷《すさ》まじ

時候

晩秋の身に迫る冷やかさをいう。心情的。

すさまじく人を愛せし昔かな

草間時彦

朝晩めっきり肌寒くなってきたこの頃、かつての恋を思いだす。相手も自分も傷つけずにはおられぬ激しい想い。あんな感情を抱くことはもう無いだろう。すべては遠い昔のことだ。

10/28

菊人形《きくにんぎょう》

人事

菊の花で衣装を飾った人形、見世物。

力瘤あたりが盛り菊人形
高橋白道

総身を菊で飾られた、これは武士の人形か。まだ蕾の花、盛りを過ぎかけた花。いろいろあるが、この力瘤のあたりがちょうど花の盛り。その腕が益々強くたくましく見えることだ。

今週学んだ季語を使って一句！

発想のヒント

面白い駅名を探してみよう！

10/29

渋柿《しぶがき》

渋柿の滅法生りし愚さよ

松本たかし

植物

実が赤く熟しても渋みの抜けない柿。

枝がたわむほど豊かに渋柿が生《な》っている。その量に苦笑しつつ呆れつつ柿の木を見あげる。渋柿のくせに、愚かにもこんなにも生ってしまって、と言いつつどこか親愛の心が滲んで。

10/30

鳥渡る《とりわたる》

鳥わたるこきこきこきと缶切れば

秋元不死男

動物

北方から多くの鳥が渡ってくること。

「こきこきこき」というオノマトペが何とも楽しく、缶詰を切るときの心の弾みを伝えてくれる。目を上げれば、澄んだ秋空を渡る鳥たちの姿。鳥たちも我が心も明るく自由なのだ。

10/31

宣長忌《のりながき》

人事

陰暦九月二十九日。国学者本居宣長の忌日。

父に聞きたき一事ありけり宣長忌
山田みづえ

本居宣長といえば謹厳実直という印象が強い。この父もそんな性格なのだろう。どうしても父に聞きたい事があるのに、なかなか聞けない。あるいは亡父への果たせぬ願いか。

今月、一番気に入った季語を使ってもう一句！

発想のヒント

小学校の時に気になっていたものは？

十一月の季語

11/1

蘆火《あしび》

人事

刈った蘆を焚いて冷えた手足を暖める火のこと。

葦火してしばし孤独を忘れをる

竹下しづの女

刈り取った葦は乾いていてよく燃える。手をかざし、その炎をじっと見つめていると、しばらくは自分が孤独であることを忘れてしまいそうだ。この時間だけは心も身体もあたたかくて。

11/2

胡桃《くるみ》

植物

殻は非常に固い。菓子や和え物などにする。

特選

胡桃持つ年寄じみた栗鼠の指

転石

胡桃を抱えた栗鼠の姿はふっくらと愛らしい。でも、その指が年寄じみていることに気づいてしまった。栗鼠が抱えた胡桃の皺までもが、だんだん老いた人のそれに見えてきて……。

11/3 祝

文化の日《ぶんかのひ》

人事

自由と平和を愛し、文化をすすめる祝日。

国旗には影二つあり文化の日

蜂谷一人

文化の日に掲げられた国旗。この二つの影は風になびく旗の影であろうか。それとも、旗が象徴する国家そのものに二つの影があるとの隠喩か。心の軋みも潜んでいるのかもしれない。

11/4

露寒《つゆざむ》

天文

晩秋、露が霜に変わる頃の肌寒さ。

露寒や死ねと囁く夜の汐

鈴木真砂女

めっきり冷えこんできた夜。波音が「死ね」と囁いているように聞こえてくる。男女の愛の縺れゆえの幻聴だろうか。露寒を痛いほどに感じているのは身体ではない、この心なのだ。

11/5

行く秋《ゆくあき》

時候

過ぎ去りゆく秋。それを惜しむ感慨を含む。

梢から来て梢から行秋ぞ

中川乙由

美しい紅葉も散り始め、秋の終わりを思う。そうか、秋というのは樹の梢から来て、こうして梢から去ってゆくものなのだなあ。梢に季節の移ろいを見、心がはっと動く。

11/6

紅葉狩《もみじがり》

人事

美しい紅葉を求めて山野、名所を訪れること。

紅葉狩石観音は跣にて

平畑静塔

深紅、緋色、朱色、黄……見事に紅葉した樹々と石観音との対比はなんとも鮮やかだ。跣《はだし》の石観音は、いかにも冷え冷えとして、参拝者はおのずと晩秋の感慨を覚えずにはいられない。

11/7

末枯る《うらがる》

植物

木々の枝先や葉の末から枯れ始めること。

特選

末枯るるころころ笑ふ母は癌　立花紅

「末枯るる」は周囲の景色のことでもありながら、癌を患って余命いくばくもない母のことでもあるのだろう。ころころとよく笑う母。その笑顔が明るければ明るいほど胸に迫る。

今週学んだ季語を使って一句！

発想のヒント

檸檬と蜜柑をしぼって嗅ぎ分けてみよう！

11/8

冬青空《ふゆあおぞら》

冬青空夜は万年筆の中

高野ムツオ

天文

日本海側と異なり、太平洋側は青空が多い。

ぴんと絹布を張り詰めたような美しい冬青空。その明るさへ置かれた万年筆。インクはブルーブラックだろう。夜の色だ。そう、夜は今この万年筆の中に封じ込められている。

11/9

冬《ふゆ》

特選

戸袋にぎしぎし冬の行き止まり

百瀬はな

時候

陽暦十一月から一月に当たる。玄冬とも。

雨戸を戸袋に収納するたび、ぎしぎし軋む。力を込めて押し込める雨戸だけが、戸袋に行き止まるのではないのかもしれない。冬そのものもぎしぎし押し込められていくみたいだ。

11/10

星冴ゆ《ほしさゆ》

時候 天文

冬に見る星は、冴え冴えとして輝いている。

星冴えて鰭より石となる人魚

ふづき

星が冴え冴えとあまりに美しい冬のある夜のこと。人魚が、羽のようにひるがえる薄く美しい鰭から少しずつ石となってゆく。このまま総身が石となってしまうのであろうか。

11/11

くしゃみ

人事

風邪や、寒さに反応して、冬は嚔が増える。

後悔はなかつたことにしてクシャミ

工藤直子

散々後悔したけれど、何の解決にもならなかった。くよくよ悔やんだ事はもうなかったことにして忘れよう！　と決意した途端のクシャミ。我ながら可笑しい。元気に前を向いて行こう。

11/12

白足袋《しろたび》

人事

和装の時の防寒用の履物で、白色のもの。

白足袋の白にこころを従えて

宇多喜代子

汚れひとつない白い足袋を履く。こはぜをきゅっと留めると身も心も引き締まるようだ。この無垢な白に我が心を従えていこう。胸を張って、誰に恥じることもない生き方をするのだ。

11/13

ブロッコリ

植物

栄養価の高い野菜。花蕾、花茎を食べる。

愛の詩を噛むブロッコリブロッコリ

家藤正人

愛の詩とブロッコリという新鮮な取り合わせと、ブロッコリのリフレインが不思議な明るさで心に響いてくる。噛み砕くように味わう愛の詩は、ブロッコリみたいな歯応えなのだろう。

11/14

煮凝《にこごり》

人事

魚などが煮汁と共に固まってしまったもの。

煮凝や去年の今夜泣いていた
池田澄子

煮凝の食感を味わいながら思いだす。ちょうど去年の今夜、泣いていたことを。あの日の切なさを。でも、口中の煮凝が蕩けてゆくように、あの日の悲しみももう思い出なのだなあ。

今週学んだ季語を使って一句！

発想のヒント

球根を植えてみよう！　土の感触は？

11/15

雪蛍《ゆきぼたる》

動物

綿虫のこと。小さく綿くずのように浮遊する。

特選

截金の模様細やか雪蛍

木ぼこやしき

大変な時間と手間をかけて仕上げられた截金《きりかね》。その繊細な美しさに見惚れてしまう。この截金模様も頼りなげに漂う雪蛍の青白いひかりも、どこか日常を離れた場所へ心を誘うようだ。

11/16

白炭《しろずみ》

人事

熱せられた炭を石窯の外に出して作る。

白炭や彼の浦島が老の箱

松尾芭蕉

白炭は煙が少ない上質な炭だという。開けた途端に浦島太郎をたちまち老人にしてしまった玉手箱。その箱の煙は、なるほど白炭がふさわしいかもしれない、と興じての一句か。

11/17

鯨《くじら》

曳き上げし鯨の上に五六人

内藤鳴雪

動物

冬、日本近海を回遊する。古名は「勇名」。

浜へ曳《ひ》き上げたばかりの鯨。その巨体に五六人の漁師が上がっている。「鯨一つ捕れば七浦潤う」といわれる鯨を命がけで捕獲した。その顔には誇りと安堵の表情が浮かんでいるだろう。

11/18

天狼《てんろう》

天狼や遺稿にひとつ知らぬ文字

檜山哲彦

天文

おおいぬ座のシリウス。冬の夜光彩を放つ。

冬の星座を見つける目印にもなる最も明るい星シリウス。遺稿にひとつだけある知らぬ文字は、その星のように目に飛び込んできたのだろう。つかの間、故人への想いを馳せる。

11/19

蜜柑山《みかんやま》

植物

蜜柑の木を栽培している山のこと。

蜜柑山警察船の着きにけり

芝不器男

港を見下ろす蜜柑山。色づいた実がたくさん生っている。穏やかな景色だ。その港へ警察船が着いた。事件か、事故か。蜜柑山と警察船という意外な取り合わせに想像をかきたてられる。

11/20

セーター

人事

毛糸で編んだ衣服。カーディガンも含む。

特選

セーターの末広がりとなりにけり

花紋

お気に入りのセーター。何年も着ているからくたびれてきて、裾のあたりが伸びて広がってきた。やれやれ……でも、これも末広がりと言えるのかな？　縁起がいいと思おうか。

11/21

木の葉《このは》

ほろほろ酔うて木の葉ふる

種田山頭火

植物

落ちた葉、散る葉、わずかに残る葉の総称。

ちょっと酔いが回ってきた時のいい気分はまさに「ほろほろ」。木の葉もはらはら降って、酔っているかのよう。軽やかな調べと柔らかな音の響き。さぞや美味しい酒だったのだろう。

今週学んだ季語を使って一句！

発想のヒント

最近見たのはどんな夢？　悪い夢も俳句のタネ！

11/22

襟巻《えりまき》

人事

寒さを防ぐために首に巻く。マフラー。

襟巻やしのぶ浮世の裏通り

永井荷風

深々と襟巻を巻く。吹き抜ける風に、身も心も寒々としながら顔を襟巻に埋めて、裏通りを歩く。ままならぬこの現実世界の人目を避け、我が身をひっそりと隠しているように。

11/23 祝

枯萱《かれかや》

植物

冬になって枯れた萱のこと。

枯萱を睡きひかりとおもひ過ぐ

角川照子

車窓からの眺めだろうか。すっかり枯れ尽くした景色は深い眠りについているかのよう。日が射す枯萱が金色に光って見えたけれど、その光もまた睡《ねむ》たそうに淡くて……。

11/24

文旦《ぶんたん》

特選

文旦の剥き方カバの倒し方　もりさわ

植物

九州中心で栽培される。朱欒《ざぼん》とも。

なんと大胆で楽しい対句だろう。ちょっと剥くにも気合が要りそうなほど大きな文旦と、温厚そうでいながら怒らせると凶暴な河馬。突飛なようでいて、不思議と響き合う。

11/25

北風《きた・きたかぜ》

空は北風地にはりつきて監獄署　飯田蛇笏

天文

冬は北寄りの強風が吹きすさぶことが多い。

空は今、北風が吹き荒れるだけ。地上には受刑者を収容するための監獄署が張りつくように建っている。刑務所となる前の時代を想起させられ、身も心も冷え切ってしまいそうだ。

11/26

枯薄《かれすすき》

路傍の石に夕日や枯すゝき

泉鏡花

植物

穂も葉も枯れ尽した薄。寂しげな風情がある。

路傍《みちばた》の石に夕日が差している。傍らには枯芒が侘しく揺れている。ひっそりとして音もない、冬の日暮れ。ごくありふれた光景の、しみじみと心に染み入る味わい。

11/27

冬浪《ふゆなみ》

冬波に乗り夜が来る夜が来る

角川源義

地理

うなりをともない、冬の怒濤は凄まじい。

さっきまで日が差していたのに、海がたちまち闇に閉ざされてゆくさまは怖ろしいほどだ。もう荒い波の音がするばかり。「夜が来る」の繰り返しが、冬の怒涛の勢いを感じさせる。

11/28

朴落葉《ほおおちば》

植物

枯れて落ちた朴の葉。大きく迫力がある。

中空におおきな螺旋朴落葉

宇多喜代子

中空から朴の一葉が落ちてくる。くるりくるりとひるがえりながら。まるで大きな螺旋を描いているかのようだ。地に着いてしまうまでの僅かな時を描く、見えない螺旋階段。

今週学んだ季語を使って一句！

発想のヒント

どんな楽器がある？　特徴は？

11/29

北下し《きたおろし》

天文

冬、山から吹き降ろしてくる北風をいう。

男は耐へ女は忍ぶ北おろし

福田甲子雄

身を切るような冷たい北風。男は顔をあげ、まともに風を受けながら耐えている。女は黙って俯いて、風がおさまるのを待っている。耐え忍ぶのは北風だけではないだろうけれど。

11/30

紙漉《かみすき》

人事

冬の冷たい水で漉いた和紙は上質。

漉く紙のまだ紙でなく水でなく

正木ゆう子

簀桁を縦に横にゆっくりと揺らしながら和紙を作っている。まだ紙にはなっていない、でもも う水でもない。次第に紙となってゆくさまを愉しんでいるような魅力的な調べ。

今月、一番気に入った季語を使ってもう一句！

発想のヒント

古い手袋はどんな手触り？

火を詠む

「ストーブ」や「餅」を焼く火が恋しい季節です。昔の「懐炉」は燃やした灰を入れ、「熱燗」は湯で温めました。「行火」の季語の傍題には、寝床の中を温める「ねこ火鉢」があります。新年に持ち帰る「白朮火《おけらび》」や、闇夜に見える怪しい火である「狐火」も使ってみたいですね。

十二月の季語

12/1

十二月《じゅうにがつ》

十二月ベンチはすでに鰐である

時候

一年の最後の月。年末の慌ただしさがある。

坪内稔典

街中が華やいでいる十二月。ベンチはしかし、固くざらついて素っ気ない。このベンチは既に鰐《わに》になってしまっているのだ。座ろうとする人を拒んで、冷たく横たわっているのだ。

12/2

枯る《かる》

手際よく枯れよ今直ぐとは言はぬ

植物

野山が枯れ色一色になった蕭条とした景色。

中原道夫

中途半端に緑を残したりせず、さっさと手際よく枯れろよ。ま、今直ぐにとは言わないからさ。植物の枯れ方だけではなく、人間の枯れ際の潔さを求めているようでもあり……。

12/3

鯛焼《たいやき》

人事

鯛の形をした生地で餡を包んだ食べ物。

特選

鯛焼が見えぬ行列最後尾

白石美月

長々と続く列は、この頃人気の鯛焼目当てのものらしい。こんなに人が来るほど美味いのか、と思えば並ばずにいられない。鯛焼の姿はちらりとも見えないが、最後尾に並ぶ。

12/4

吸入器《きゅうにゅうき》

人事

風邪などの喉の炎症や喘息患者に使われる。

吸入の子とのぞきこむ砂時計

西原みどり

幼い子にとっては、吸入器を使う時間は長くて退屈だ。砂時計はその子の気を紛らわすためのものかもしれない。あとちょっとだよ、この砂がおちるまで。そんな声をかけながら。

12/5

山眠《やまねむ》る

とぢし眼のうらにも山のねむりけり

木下夕爾

地理

冬の山を眠っているようだと擬人化したもの。

目を閉じると、昼間見た山々の姿が思いだされる。我がまなうらの山もゆったりと穏やかに冬という季節を眠っている。自分もまた、限りなく安らかな心持ちで眠りに落ちてゆく。

12/6

火事《かじ》

暗黒や関東平野に火事一つ

金子兜太

人事

乾燥し、暖をとる冬は火事が起こりやすい。

塗りつぶしたような暗黒の関東平野に燃え上がる炎。黒の中に浮かび上がる鮮烈な赤の色彩が、シンプルで大胆な構図となって迫ってくる。時代や社会秩序の闇を焼く炎のようでもあり。

12/7

蒟蒻玉《こんにゃくだま》

入口がなくて蒟蒻玉いっぱい

柿本多映

人事

蒟蒻の葉茎が黄色く枯れる頃が収穫期。

蒟蒻の原料になるのは、三年以降の蒟蒻玉から。春に植え付けるために貯蔵されている若い蒟蒻玉か。入口らしきところもなくて、のぞいてみると、蒟蒻だけがいっぱいごろごろしている。

今週学んだ季語を使って一句！

発想のヒント

冬空にはどんな音が似合う？

12/8

冬帝《とうてい》

時候

冬の神。冬の厳しさを擬人化した季語。

冬帝の白い鎖に繋がれる

鈴木牛後

北国の人の実感だろう。雪と氷、いや、冬という季節そのものが大地を、人を、全てを閉ざす。白く凍てた鎖に繋がれたように、そこから逃げる術はない。冬帝にひれ伏すしかないのだ。

12/9

焼芋屋《やきいもや》

人事

呼び声をあげて焼芋を売る。石焼きが多い。

特選

事務室の意見まとめて焼芋屋

畑中正

残業中、小腹も空いてきたところへ焼芋屋の売り声。一気に事務室が盛り上がる。「私、一個」「俺、ふたつ」たちまち意見をまとめて買いに走る。腕の中にあるこの温もり。

12/10

荒星《あらぼし》

特選
荒星や海にピアノが漂へる　華風

天文
木枯の吹きすさぶ、荒れた夜の星。

寒風吹きすさぶ海を漂うピアノの旋律。荒星に呼びかけるように、悲しく淋しく、そして美しい曲をピアノは奏でつづける。荒星が輝きを増したのは、その音に応えたのだろうか。

12/11

裸木《はだかぎ》

特選
裸木に眠りにつけぬ風集ふ　詠頃

植物
冬に葉が落下し尽くした落葉樹のこと。

もはや落とす葉もない裸木が寒風に激しく煽られている。枝がたわみ、幹がきしむ。きっと眠れぬ風たちが、その裸木に集まってきたのだ。淋しく長い夜を共に哭くために。

十二月

12/12

師走《しわす》

シャンプーの先になくなる師走かな

長嶋有

時候　十二月の異称。字面通り慌ただしい時期。

忙しかった一日を終えての入浴。さて髪を洗おうとするとシャンプーがない。リンスはまだ残っているのに……。忙しさに取り紛れて買い忘れていたよ、とため息をつく師走の夜。

12/13

冴ゆ《さゆ》

冴ゆる夜の灯すごし眉の剣

斯波園女

時候　透明に澄んだ凛とした冷たさを感じること。

ことのほか冴《さ》え冴えと冷え込み、灯《ともしび》さえ身に堪えるように寒い夜。眉《まゆ》のあたりに剣のある女か。なんらかの屈託を心に抱えているか。そのきつい表情がいっそう寒さをつのらせる。

12/14

藪柑子《やぶこうじ》

植物

冬でも枯れず、赤い小粒の実をつける。

藪柑子もさびしがりやの実がぽつちり

種田山頭火

冬枯れの景色の中、藪柑子が実をつけている。けなげなほどにいじらしく小さな実は、人を恋うかのような鮮やかな赤。藪柑子よ、お前も淋しがりやなんだな、と心につぶやく。

今週学んだ季語を使って一句！

発想のヒント

今年の漢字をつかって一句！

12/15

肩掛《かたかけ》

特選

ていねいに畳む肩掛法律相談

花南天あん

人事

女性が寒さを防ぐために肩にかけるもの。

自分ではどうしようもない厄介な問題がある。思い立って法律相談に出向いてみたが、さて何から話せばいいのか……いつもより丁寧に肩掛けを畳みながら、慎重に言葉を探している。

12/16

雪吊《ゆきづり》

特選

薫るもの踏み雪吊の御薬園

佐藤儒艮

人事

雪折防止で、庭木の枝を吊り上げておくこと。

木々はみな雪吊を施され、冬支度を終えている御薬園。人もまばらな庭の静けさの中を歩く。踏んだ瞬間、ふっと薫るのは冬草か、芝生か。冬ざれの庭にその香だけが生き生きとして。

12/17

鮫《さめ》

特選

錆の臭して大鮫の横たはる

藤色葉菜

動物

背びれや鋭い歯の特徴を持つ魚の総称。

船上の鮫。捕獲された際の傷だろうか、血が滲んでいる。錆の臭《かざ》が鼻をつく。ひとつの命が失われ、物と化し、腐食してゆく臭いだ。そんな臭いを放ち、大鮫は横たわっている。

12/18

炬燵《こたつ》

炬燵から出ずに何でも手に入る

北大路翼

人事

古くから庶民に使われてきた暖房家具。

本、飲み物、ティッシュ……炬燵の周りには何でもある。おまけにスマホさえあれば、外出せずとも異国からでさえ何でも手に入れられる。炬燵から出る必要なんてない我が世界。

12/19

日短《ひみじか》

時候

冬の日の短いことをいう。冬至が最も短い。

日沈む方へ歩きて日短

岸本尚毅

冬の日が沈んでゆく方へ向かって歩く。一歩ごとに夕日も沈んでゆくようだ。あたりは早くも薄闇に包まれ始めてきた。焦るわけではないが、つくづく日が短くなったなぁと思う。

12/20

毛皮《けがわ》

特選

ぱおぱおと振らるる毛皮艶めきぬ

人事

防寒のため羽織る。大変高級なものも。

じょいふるとしちゃん

「ぱおぱお」というオノマトペが楽しくユニーク。まるで毛皮が生きていて声をあげているようだ。可笑しくもあるが、振られて艶めく毛皮の図とはいささか妖しくもあり……。

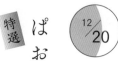

12/21

寒柝《かんたく》

人事

冬の夜回りに打つ拍子木。またはその音。

水枕中を寒柝うち通る

山口誓子

水枕をして臥せっている夜。誰かが寒柝を打ち鳴らしながら行く。寒夜を高く鋭く響くその音は、まるで水枕の中を通り過ぎてゆくようだ。熱に浮かされる頭には、痛く感じられるほど。

今週学んだ季語を使って一句！

発想のヒント

今年一番嬉しかったことは？

12/22

ストーブ

人事

石油、ガス、石炭などいろいろな種類がある。

特選

停電やストーブ囲む影四つ

渡海灯子

思いもよらない停電で、エアコンも炬燵も使えない。ストーブだけが頼りと、家族四人で囲んで暖をとる。真っ暗な中、寄り添う四人のほのかな影がぼんやり浮かぶ。

12/23

初雪《はつゆき》

天文

その年、その土地に初めて降った雪のこと。

特選

初雪やワッペンの端をまつり縫い

幸の実

一針一針、ていねいにワッペンの端をまつり縫いしている。ふと顔をあげると雪が降っていた。初雪だ、と心が弾む。さあ、あと少しで仕上がりだ。針の銀色が光る。

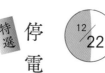

12/24

聖夜劇《せいやげき》

聖夜劇イエスの髭のゴム痛し

夏井いつき

人事

聖夜に演じるキリスト降誕などの劇のこと。

イエスに髭がついているのだから、いわゆる降誕劇ではなくオリジナルの劇かもしれない。子供たちの演じる中に交じるイエス役の園長か。立派にふるまいたいのに、何ともゴムが痛い。

12/25

歳末《さいまつ》

特選

歳末のマックIクルーといふ戦士

真井とうか

時候

暮れも押しつまった頃をいう。

クリスマスから年末年始にかけての商戦。歳末のマクドナルドも御多分に洩れず、スタッフはのんびり休む暇さえない。猛烈な忙しさに雄々しく立ち向かう彼らは、まさに現代の戦士だ。

12/26

歯朶刈《しだかり》

歯朶刈に別れてしばし歯朶の道

人事

年末に正月飾り用の歯朶を刈ること。

石田雨圃子

年用意のための歯朶を刈っている人と挨拶を交わして別れた。続く道の両側には、まだ歯朶が青々と茂っている。何かとせわしない年の暮、自ずと急ぎ足になっている。

12/27

ラグビー

特選

前半を終へラグビーの無観客

人事

球技の一種。冬期競技として近年人気が高い。

藤田ゆきまち

トラブルによる制裁措置か、コロナ禍の一場面か。全力を尽くした前半が終わったが、拍手も歓声も無い。肩で息をする選手達にホイッスルの音だけが、空しく寒々と場内に響く。

12/28

雪沓《ゆきぐつ》

人事

雪中を歩くために履く藁製の沓のこと。

特選

玄関に雪沓あふる公民館

山田真耶

かなり雪が降った日。地域の集まりのために公民館にぞくぞくと人が来る。玄関にはたちまち履物が並ぶ。雪深い地方だけに、さすがに雪沓ばかり。もう玄関をあふれてしまいそうだ。

今週学んだ季語を使って一句！

発想のヒント

今年の自分を振り返って一句！

12/29

冬枯《ふゆがれ》

植物

冬が深まって野山が枯れ一色となった景色。

冬枯や平等院の庭の面

上島鬼貫

対岸の山々にも宇治川にも枯れ色が広がっている。極楽浄土の景を再現したと賞される平等院の庭の面《おも》も同様で、彩る花も人影もない。冬枯の静けさがしみじみと胸にしみてくる。

12/30

数え日《かぞえび》

時候

あと数日で新年になる切迫感と感慨がある。

数へ日を自在に猫の首ねっこ

美杉しげり

今年も残り僅かなのにあれもこれも出来ていない。気ばかり焦る人間様を横目に、自由自在、気ままなのは猫。首ねっこ掴んで悪戯を叱ってもどこ吹く風。ああ、お前になりたいよ……。

12/31

除夜詣《じょやもうで》

人事

大晦日の夜に神社に参詣すること。

願ぎごとのなき幸せの除夜詣

上村占魚

この一年、派手な事は無かったが、心穏やかに過ごすことができた。来る年への願《ね》ぎ事も特にこれといって無い。それが一番の幸せというものだろう。除夜の鐘の音も悠々と響いて……。

今月、一番気に入った季語を使ってもう一句！

発想のヒント

今年の我が家の三大ニュースは？

十月〜十二月のまとめ

　2024年もいよいよ終わり。今年作ったすべての句の中から、「2024年 私のベスト3句」を選んで、その句に◎をつけましょう。『2025年版 夏井いつきの365日季語手帖』もお楽しみに。来年は、この3句を超える句を作ることを目標に、俳句の世界を一層楽しんでください。

投句の締め切りは、２０２４年８月10日（土）必着です！

おわりに

一年間、この本を身近において俳句を楽しんでいただけましたか。
季語の豊かさを知ること、俳句のある生活を送ることで、
日常に潤いは生まれたでしょうか。
毎週一句を一年続ければ、それは週間日記です。
さらに五年、十年と続けていけば、
それは自分史となり家族史となっていきます。
自分の生の証、家族と過ごした記録として、
俳句は生き続けてくれます。
『2024年版 365日季語手帖』では、暦で味わった
季語を使った俳句を募集しています。
優秀な句は、『2025年版 365日季語手帖』にて発表します。

特に優秀な句は、暦の句として採用されますので、乞うご期待！
投句は郵便ハガキで受け付けています。
記載内容に不備があるため選外となるハガキも出てきています。
２３２ページの「投句方法」をよく確認してください。
特に、本書に掲載の季語を使用する（傍題不可）というルールについて
守られているかチェックをお願いします。
皆さまからの力作をお待ちしています。
来年のご健吟を祈りつつ、
佳いお年をお迎えください。

投句方法

［応募方法］
郵便ハガキを使用して郵送で応募。
1枚のハガキで1作品の応募となります。
※下記の記載事項にご注意の上、記入漏れのないようご投句ください。

［応募期間］
2024年1月1日（月）～8月10日（土）必着

［入賞発表・入賞賞品］
発表：2024年12月下旬発売予定の『2025年版 夏井いつきの365日季語手帖』に掲載予定。
賞品：暦の俳句として掲載された方へのみ発売日以降に、『2025年版 夏井いつきの365日季語手帖』を1冊謹呈します。

注意①
郵便ハガキにてお申し込みください。

注意②
2024年8月10日（土）必着。
締め切りに間に合わせましょう！

ハガキ表

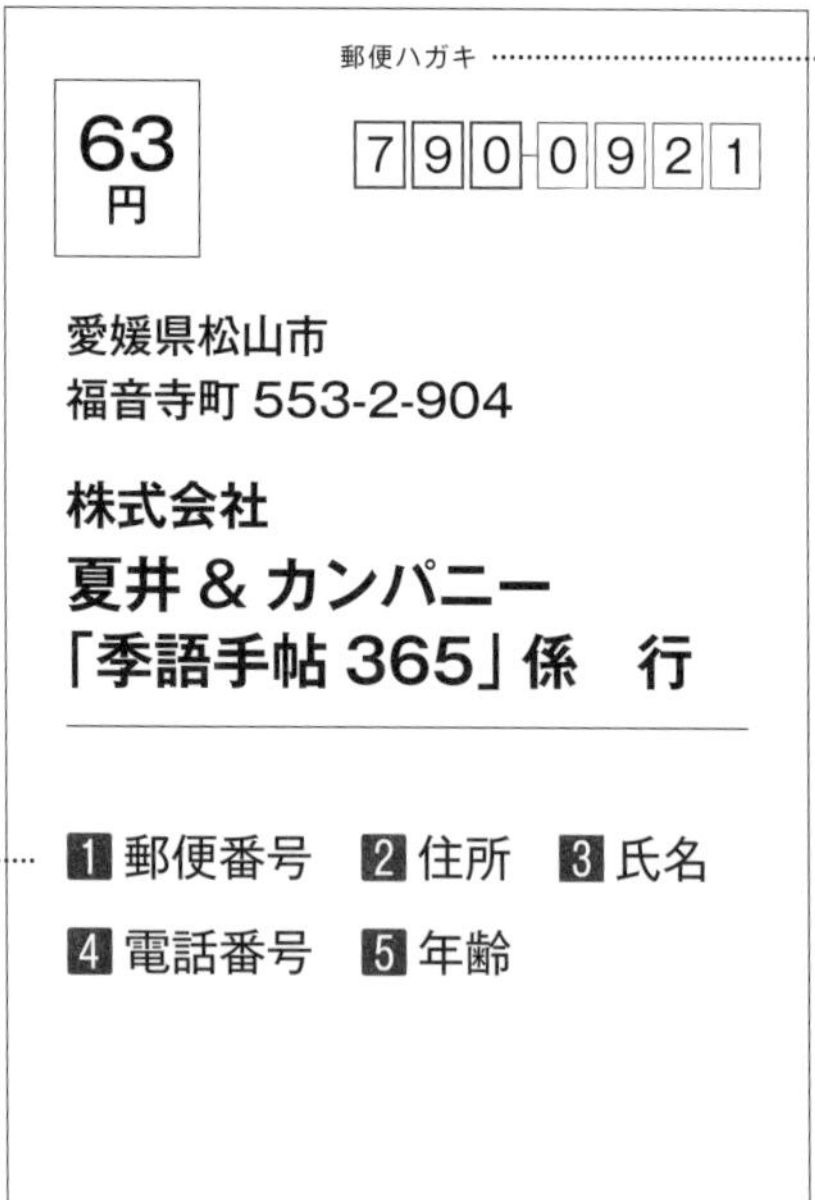

注意③
1～5の必要事項を不足なく楷書ではっきりと明記の上ご応募ください。
※記載に不備があった応募は、選句候補となりません。

［選者］夏井いつき

※入賞結果の通知は書籍の発売をもってかえさせていただきます。

※句、俳号（または氏名）が掲載されます。

◆権利規定・注意事項　入賞作品の著作権（著作権法27条及び28条の権利を含む）は著作者に帰属いたしますが、『2025年版 夏井いつきの365日季語手帖』での利用及び著者、出版社等が宣伝広告のために自由に利用できる権利を許諾していただきます。応募作品が第三者の著作権、知的財産権を侵害していないこととします。未発表のオリジナル作品に限ります。

◆免責事項　諸事情で『2025年版 夏井いつきの365日季語手帖』が発売されない場合は、発行元の公式ホームページでの掲載となります。
https://raisoncreate.co.jp

◆応募ハガキの個人情報について　応募ハガキに記載いただく個人情報は、賞品などの送付のために必要な範囲で使用させていただきます。また、このため業務委託会社に情報を開示する場合があります。個人を特定することができないよう統計的に加工・分析したうえで、利用させていただく場合があります。入賞発表、書籍、作品展に展示、広告に使用する作品などには応募者の俳号（または氏名）を明示させていただきます。

注意④

『2024年版 夏井いつきの365日季語手帖』に掲載された「月日」と「季語」を明記し、その季語を使用した一句をご投句ください。季語は、傍題ではなく暦に掲載されたものをそのまま使用すること。なお、「誌面に掲載する際の俳号または氏名」には必ずふりがなをつけ、楷書ではっきりと明記してください。複数ご投句される場合は、掲載名を同じものにそろえてください。

※本誌掲載以外の季語を使用した句、その他不備があった応募は、選句候補となりません。

ハガキ裏

季語
※暦に掲載の季語のみ

月日
※上記の季語が掲載されている月日

投句作品（ハガキ一枚につき一句）
※楷書ではっきりと　※未発表作品に限ります

メッセージのある場合は、こちらのスペースをご利用ください。（任意）

掲載用の俳号または氏名
※ふりがな必須

参考文献

『カラー版　新日本大歳時記　春』講談社、２０００年
『カラー版　新日本大歳時記　夏』講談社、２０００年
『カラー版　新日本大歳時記　秋』講談社、１９９９年
『カラー版　新日本大歳時記　冬』講談社、１９９９年
『カラー版　新日本大歳時記　新年』講談社、２０００年
『カラー版　新日本大歳時記　愛蔵版』講談社、２００８年
『カラー図説　日本大歳時記　愛用版　春』講談社、１９８９年
『カラー図説　日本大歳時記　愛用版　夏』講談社、１９８９年
『カラー図説　日本大歳時記　愛用版　秋』講談社、１９８９年
『カラー図説　日本大歳時記　愛用版　冬』講談社、１９８９年
『カラー図説　日本大歳時記　愛用版　新年』講談社、１９８９年
『角川　俳句大歳時記　春』角川学芸出版、２００６年
『角川　俳句大歳時記　夏』角川学芸出版、２００６年
『角川　俳句大歳時記　秋』角川学芸出版、２００６年
『角川　俳句大歳時記　冬』角川学芸出版、２００６年
『図説　俳句大歳時記　春』角川書店、１９６４年
『図説　俳句大歳時記　夏』角川書店、１９６４年
『図説　俳句大歳時記　冬』角川書店、１９６５年
『図説　俳句大歳時記　新年』角川書店、１９６５年
平井照敏編『新歳時記　春　軽装版』河出書房新社、２０２１年
平井照敏編『新歳時記　夏　軽装版』河出書房新社、２０２１年
平井照敏編『新歳時記　秋　軽装版』河出書房新社、２０２１年
『俳句歳時記　夏』角川学芸出版、２０１１年

『現代一〇〇名句集７』東京四季出版、２００５年
『女流俳句集成 全一巻』立風書房、２０００年
黒田杏子編著『存在者　金子兜太』藤原書店、２０１７年
坪内稔典編著『漱石俳句集』岩波書店、１９９７年
佐藤文香編著『天の川銀河発電所』左右社、２０１７年
寺山修司『寺山修司の俳句入門』光文社、２００６年
宇多喜代子『句集　森へ』青磁社、２０１８年
夏井いつき『句集　伊月集　鶴』朝日出版社、２０２２年
加根兼光『句群ｏｐ．１半過去と直説法現在として、あること』マルコボ．コム、２０１４年
中村阿昼『句集　でこぽん』マルコボ．コム、２００９年
森川大和『句集　ヤマト１９』まる工房、２００２年
日土野だんご虫『句集　海も』プリントオン株式会社、２０２２年
夏井いつき『子規３６５日』朝日新聞出版、２０１９年
ふづき『句集　水掻き』マルコボ．コム、２０１７年
井上さち『句集　巴里は未だ』文學の森、２０１８年
岡田一実『句集　記憶における沼とその他の在処』青磁社、２０１８年
河野しんじゅ『句集　職歴欄』マルコボ．コム、２０１９年
岸本尚毅『句集　健啖』花神社、１９９９年
岸本葉子『句集　つちふる』角川文化振興財団、２０２１年
岩田由美『句集　夏安』花神社、２００２年
高野ムツオ『句集　蟲の王』角川書店、２００３年

松本だりあ『句集　海に遊んで』マルコボ．コム、２０１２年
神楽坂リンダ『句集　四十雀』マルコボ．コム、２０２１年
杉山久子『句集　泉』ふらんす堂、２０１５年
星野高士『句集　無尽蔵』角川書店、２００６年
正木ゆう子『静かな水』春秋社、２００２年
村重香霞『句集　影に遅れて』ふらんす堂、２０１４年
村重蕃『句集　からからころと』マルコボ．コム、２０１３年
大塚迷路『句集　誰か居る』マルコボ．コム、２０１６年
中町とおと『句集　さみしき獣』マルコボ．コム、２０１５年
坪内稔典『句集　水のかたまり』ふらんす堂、２００９年
渡辺瀑『句集　木の精　ＫＵＫＵＮＯＴＩ』創風社、２０２１年
蜂谷一人『プラネタリウムの夜』マルコボ．コム、２００５年
門田なぎさ『句集　兎抱く』マルコボ．コム、２０１３年
矢野リンド『句集　疇のまなか』マルコボ．コム、２０１８年
鈴木牛後『句集　にれかめる』角川文化振興財団、２０１９年
高須賀あねご『句集　がちゃがちゃぽん』
マルコボ．コム、２０２０年
長嶋有『句集　春のお辞儀』ふらんす堂、２０１４年
北大路翼『生き抜くための俳句塾』左右社、２０１９年
梅沢富美男『句集　一人十色』ヨシモトブックス、２０２３年
都築まとむ『句集　塩辛色』マルコボ．コム、２０１４年
家藤正人『句集　磁針』夏井＆カンパニー、２０２３年
佐藤文香『君に目があり見開かれ』港の人、２０１４年

美杉しげり『句集　愛撫』夏井＆カンパニー、２０２３年
池田澄子『シリーズ自句自解Ｉベスト１００池田澄子』
ふらんす堂、２０１０年
工藤直子『工藤直子全詩集』理論社、２０２３年
柿本多映『柿本多映俳句集成』深夜叢書社、２０１９年
高田正子『黒田杏子の俳句　櫻・螢・巡禮』深夜業書社、２０２２年
加根兼光『句集　あの年、四月の花』
夏井＆カンパニー、２０２３年
神野紗希『句集　星の地図』マルコボ．コム、２００６年
朗善千津『句集　ＪＩＧＡＺＯ　自画像』
夏井＆カンパニー、２０２３年
中原道夫『句集　橋』書肆アルス、２０２２年
川上弘美『句集　機嫌のいい犬』集英社、２０１０年
谷さやん『谷さやん句集』朔出版、２０２２年
高橋白道『句集　涅槃図』マルコボ．コム、２００８年
西原みどり『句集　夜のぶらんこ』マルコボ．コム、２０２３年
岸本尚毅『句集　感謝』ふらんす堂、２００９年
尾形仂『新編　俳句の解釈と鑑賞事典』笠間書院、２００２年

結果発表

秀作・佳作・もう一歩の発表です。

※作品掲載にあたり、原則としてルビはふっておりません。
※投句に記載されていた前書きは、掲載しておりません。
※掲載名は五十音順に記載しています。
（投句の際に掲載名にふりがな記載のなかった場合は、おおよその順番となっています。）

秀作

鹿鳴くや尻尾の跡の疼く夜　Early Bird
田を鋤くや真っ直ぐ北へ真岡線　阿海小悟
鈴虫をあげし隣家の未亡人　青木豊実
二階から迎車遥かに雪野原　青木豊実
本物の借金取りの手に胡桃　青野遊飛
おとうとに豊齢線や御慶言ふ　赤尾双葉
梅酒とくとく混ざらずただよわぬ夜　赤尾双葉
高梨沙羅冬天の脇腹へ飛ぶ　赤木じつ子
眠る吾を腕に端居の若き父　秋白ネリネ
雑踏の広場に金亀虫は死す　あさいふみよ
餅花のしなり具合をほめる客　亜桜みかり

桜蘂ふる早朝の制服に　朝月夜
蚰蜒や六根清浄説く板間　葦屋蛙城
春園の端に漫才師ネタ合わせ　網代木哲
誘蛾灯愛の冷めゆく音を聞く　藍創千悠子
宅配強引に歳末を右折　あねご
いうれいにも舌骨あるのだらうか　天野姫城
産む息のにほへる真夜中の繁茂　あまぶー
比良坂を見て来し話すいみつたう　あまぶー
晴れませう栗ひとつぶの明るさに　綾竹あんどれ
ハンケチの角は涙をひそと吸ふ　池乗恵美子
水汲むや井戸端に割く鮫の腹　いさな歌鈴
標本の蝶飛び去るやピンに影　いさな歌鈴
八階の西日は痛しがん病棟　石川よね子
放課後のチャイム幽霊の時間　石塚彩楓
特選の案山子に集ふ雀かな　和泉攷
田を鋤くや寝起きの土は重そうで　無花果邪無
生ぬるき風と暮春の手水鉢　無花果邪無
焚べものに蚕の残り火の匂ふ　伊藤柚良
梨の花君の涙は渇くまい　糸まきまき
展望といふには低し晩夏光　稲畑とりまる
餅花をくぐりて紅のひとつ落つ　今井千世子
歳末に病みて真水のうまきこと　磐田小
泣き顔を枯蟷螂に見られをり　うからうから
長電話湯ざめの足を猫につけ　うしうし

餅花のほころぶ高座「初天神」　江口小春
向き合ふは好きな先輩寒稽古　太田あろは
西日さす部屋は私の小宇宙　大塚久子
蚕みな乗る緑濃き餌の棒　大槻税悦
一握とは果てなき数詞啄木忌　可笑式
花烏賊の切り刻まれてひとかたまり　可笑式
理科室のミミズ心臓の拍動　丘理奈
靴裏の銀杏匂ふエレベーター　小川野雪兎
買初の客の流れに乗つてみる　灰頭徨鴉
片方の聞こえぬ耳へ虎落笛　加賀くちこ
スポーツ紙夜学の人の忘れもの　笠井あさり
夏帽の学芸員や磨崖仏　風花美絵
神主の衿一筋の赤単衣　ガジュマル新山
冬林檎皮付き好む医者嫌い　かずみ
水仙の八重騒がしく歩数計　かずみ
淡雪や老女の髪に沈みゆく　風たんぽぽ
父の手の三つ編いびつ花大根　愛しみのベラドンナ
定位置はブティックの前焼芋屋　金子美鈴
瓶底のぶどうのにごり春の雪　金子美鈴
墨含む羊毛筆の重き冬　叶安
鍵盤にドレミのシール暖かし　水豚庵
友に貸す吾より似合う夏帽子　花星壱和
ががんぼや城の厠を棲み処とす　喜多輝女
仏掌薯地上の蔓の細きこと　木谷きょうみ

寒玉子河童が健やかさうにをる　北藤詩旦
掛乞や河内屋与兵衛の行く果ては　北村季凛
坊さんのきれいなおじぎ梨の花　きのえのき
雪野しんしん昔四ツ足だつた頃　杏乃みずな
アルバムの父は黒帯松ぼくり　杏乃みずな
むらさきへ因数分解額の花　京番茶さきこ
春泥をあかるく吸ひぬ体操着　ギル
本日のさらだは水菜一つかみ　くう
遠雷や狭間に響くロックフェス　国東町子
幾日か重き影あり初暦　久保田凡
船べりをどんとけって海女潜る　紅の姉
妻逝きて過ぎし日々だけ氷柱あり　くんちゃん
幽霊やがらんとなったパチンコ屋　紅紫あやめ
蚰蜒を目で追いかける書道塾　幸田梓弓
げじげじの脚それぞれにある掟　郡山の白圭
猴酒抱き合っている道祖神　古賀未樹
井戸替やマイムマイムの歌詞の意味　小平善康
緞帳は拍手飲み込み春の闇　後藤洋子
残雪やスーパーに陽の当たる場所　ことりは
青葉からこぼれる青を踏まぬよう　小針ぬい
春の雪歯科医の指の温みかな　坂野ひでこ
お蚕と呼びゐし義母の七回忌　桜井教人
天牛がさりと古封筒の中に　佐藤香珠
文旦や燈明のごと並べられ　佐藤香珠

古雛や母も私もひとりっ子　澤田桂子
裏表ありませんとも海月ごつ　私淑
演劇部の稽古場にある扇風機　篠原洋祐
菊練りの無心に春の鳥うたふ　島田あんず
採血は冷房強き検査室　紙魚男
閉園や河馬の親子の背に西日　清水祥月
新豆腐するり離婚の話など　洒落神戸
立夏とは直線だけのシャツである　常幸龍BCAD
竹枯れて白骨となる村時雨　正念亭若知古
日向ぼこ床の軋みの戻る音　白沢ポピー
陽炎の真ん中を今走ってゐる　白沢ポピー
隅っこに夜の来てゐる露台かな　白濵素子
母を呼び捨てる賀客の国訛　次郎の飼い主
さかしまに味の素ふる太宰の忌　次郎の飼い主
子供らの風船の糸皆ななめ　鈴木政男
雪吊のちぎれた縄につなぐ縄　鈴木由花子
羊水のごときを垂らし蝶の出づ　鈴木由紀子
蚊帳落ちて蒼きお化けの姉妹かな　主藤充子
昼ドラマまた倒れたる扇風機　主藤充子
村時雨名誉教授の消息欄　世良日守
仕舞いまで年齢不詳はぜもみじ　素々なゆな
天瓜粉うたがふことのなき瞳　園子
今日からは春手袋よ髪を巻く　染井亀野
花曇電話一本掛けられず　高岡沙織

言い訳の何もなくなり夏来る　鷹見沢幸
無と描き窯入れを待つ半夏生　滝本敦子
新藁を喜ぶ牛の乳太し　竹田むべ
色違いの腹当で識る双子かな　太刀盗人
春の雪姉は駆け落ちしちまつた　立花紅
鈍色の産廃処理場の霞　立花紅
枯草に心を寄する年となり　玉谷恵美子
片乳のごとき文旦手渡さる　玉響雷子
真黒な軟膏焙り埋める胼　玉響雷子
担任の声を枯らして春は行く　千明紀
文旦を輪切りにすれば世は平和　池弘庵翁
遠雷や部活四人でラッパ吹く　中條スノウ
工場裏枯蟷螂と父を待つ　中條スノウ
福引や並んだとたん鐘響く　筒井千代子
上履きの一つない朝松ぼくり　坪山紘士
借景の中動けない幽霊　つまりの
三伏や十円玉の熱きこと　つまりの
シェイカーを振る者もあり女正月　露草うづら
元日の昼の月なり発車ベル　でんでん琴女
天井にボールの跡や卒業歌　でんでん琴女
革手袋きめ細やかな愛の皺　トウ甘藻
手話の指空へ空へと卒業歌　藤堂まり子
絶え間なく絹の柩を吐く蚕　どくだみ茶
草いきれ脱皮するかに子の眠る　としなり

春の雪喪服のままの町中華　とひの花穂
ドッグラン走る飼い主春の雲　苫野とまや
どこで道間違えたのかまだ雪野　富山の露玉
お隣の水仙うちの方向いて　富山の露玉
神様は愛してくれる蟇　中岡秀次
地虫出づ今日も農婦を全うす　中川喜代子
あと2ミリ春を吸い込む試着室　中島尚美
山小屋の裏山激し虎落笛　中竹義人
見学の親にも長き寒稽古　永田証真
隣席のずれた手拍子マチネ冬　中平圭美
春の闇パントマイムのすれ違ふ　仲操
祖父帰宅革靴のまま田を鋤くよ　那須かおり
歳時記は紅き貼箱買初す　夏湖乃
セヱルスの電話の無法寝正月　夏湖乃
寒暁に玻璃の硬さの風を受く　夏椿咲く
牛売つてまた火鉢突く祖父の黙　夏椿咲く
神様の日記短し額の花　七瀬ゆきこ
焼芋屋量つていない量売　七瀬ゆきこ
檸檬受く男言葉のマネージャー　⑦パパ
たゆゆんとペリカンの喉暖かし　ナノコタス
それぞれに嘆きの皺や涅槃像　西川由野
七月をたまごサンドのあふるるよ　西野誓光
高原の牛舎の前の鶏頭花　西村仁美
白靴や大叔父は葉巻のにほひ　にゃん

制服を脱ぎ十六の海女となる　にゃん
前奏の長き国歌や炎天下　猫影セニョリータ
プードルとなりし風船の四肢よ　猫影セニョリータ
アヴェ・マリアのCD吊られ鳥威し　猫パンチ
裸木や謄本で知る続柄　野地垂木
強運の姉がすべての福引す　野地垂木
絶望を腹に溜め込み蚯蚓ゆく　望美
春の雲母に黄色を着せ逝かす　野ばら
新藁と抱き合ふやうに馬小屋へ　野ばら
肩掛けや車椅子ごと母を巻き　葉月えいと
海鳴りや夜なべの母の手暗がり　葉月えいと
十円の帳尻昼の蚊の行方　花南天あん
家並の中一反の田水張る　花野若葉
水球の胸露なるシュートかな　はなぶさあきら
吾が減らす母の形見の梅酒かな　早川徹
土間掃除埃担いで逃げる蟹　林由紀代
花守の愛妻辨たうたまご焼　林りんりん。
アンリ・マティス来る上野は夏木立　林りんりん。
憎しみを込めて入魂雪礫　原島ちび助
三代の聖書に付箋卒業歌　巴里乃嫣
初染のシルクに透かす富士の山　播磨陽子
元日の隅まで美しき風呂場かな　春海凌
今一つ懐かぬ猫と福寿草　はれまふよう
福引や授業の鐘と同じ鐘　ひでやん

ほのぼのと皮のおもかげ林檎ジャム　比々き
気球から丸い十勝野春の色　平岡梅
慈悲ぶかきかほの女や百足虫焼く　比良田トルコ石
シーソーに跨がって草芳しき　福原あさひ
逢い引きの町で福引大当り　福原あさひ
鳳仙花臨死体験は三日　河豚ふく子
昼の蚊や今日は水やり当番日　藤井天晴
たたみじわさへ潔き単衣かな　藤色葉菜
君はクロール太陽を真ん中に　冬のおこじょ
夏服や転校生は未だ無口　芙蓉
担任の夜学教師もまた妊婦　ふら麦酒
枯草の音のみ大きゅうなる長屋　ペトロア
田を鋤くや祖父の言ふことわかる牛　ほしの有紀
二階の娘荷物ほどくや夜の秋　ほのぼぉの
炎天下草積むトラクターは緋　本間暁子
たんぽぽよ一対一で話さうか　昌代
天瓜粉まみれの吾子の一回転　松山美津子
七月の半券にライブの余熱　豆闌
蒲公英や子どものやくにたつしごと　みおつくし
立ち入れぬ古墳に立ち入る風船　みおん
夏落葉きっと恐竜こう歩く　帝菜
宝石は買えん風船でも買うか　三樹ｔａｃｋ
木下闇抜き棄てられし古塔婆　水島務
振り袖を娘に着せて寝正月　道工和

跡継ぎの居らぬ寺なり花八手　道子
騙し絵の階段のぼる夜半の夏　水月
一人子とまだ呼ばるるや寒玉子　看做しみず
ハンケチは左に握り選挙戦　宮崎淑子
小雨きて蜜柑の花を蒸留す　麦野光
おかっての床に俎板大根切る　郁子の花
釜の飯たんとこさえて田水張る　村先ときの介
座布団と揃いの生地のちゃんちゃんこ　めぐみの樹
さとうきび電波の少し悪い夜　望月美和
天牛やそれも悪夢にゐるやうな　もりさわ
丸つけの朱の色薄れゆく夜なべ　森田祥子
シスターの歩幅も広くリラの花　森田祥子
住所録二線で消すや春炬燵　山羊座の千賀子
蝙蝠は死んで美術室の一部　山羊座の千賀子
春の雪くろい海へとのみ込まれ　矢田啓子
のつと口開ける大鯉春暑し　山内彩月
冬天や登るカーブの靴の裏　山尾政弘
永き日の合わぬ時計の時報かな　山尾政弘
荒星や行きたい所へ行くのです　やまさきゆみ
妹とただ話したき立泳ぎ　山田じゅんこ
花冷や選挙カーよりさし出す手　山田未知子
おでん屋の錫のちろりの湯煎かな　山根悠翁
灌仏会阿弥陀のそばで弾くピアノ　山本栄美子
洋楽に聞き取れる詞や小鳥来る　山本先生

紺青のインク小さく爆ぜ秋思　柚木みゆき
啄木忌パックシートに穴四つ　柚木みゆき
バイトの幽霊は本物に逢ったとさ　夕子
ストレッチ終わるの青く待つプール　ゆうすけ
ホットワイン美味しく作る指長し　陽光樹
花冷やカスタードクリームの湯気　夜之本紙処
プランタンの椅子にわすれし春手套　誉茂子
父情とは疎まれやすし夏落葉　ルン婆
大敷を上げる港の立夏かな　和田清波

佳作

赤蜻蛉旅のおわりか雨あがり　アークヒツ
青麦や青いリボンをなびかせて　相あい
ほろ酔いの素直なあなたホットワイン　愛子
夕陽いま押し戻すごと鶏頭花　愛燦燦
新宿の人みな俯いて西日　青井えのこ
お揃いのハンケチ嬉しカフェ巡り　青鬼
教え子を送り届けたる雪沓　青菜塩古
おばちゃんはひとり身やから藤寝椅子　青に桃々改め青水桃々
啄木忌追いたてられてする仕事　赤尾詩佳
春銀座さなぎのごとく工事中　茜むらさき
バンクシーの描くモナリザ野水仙　明惟久里
隅巣食う奴が蚰蜒やったんか　あきこふ
蛾の群来不法投棄の谷の闇　秋野茜
幾たびも夏帽投げよ幼子よ　秋野しら露
端居してデイサービスの母を待つ　秋野とも
老姉妹互ひにするゐる二日灸　穐山やよい
祖母の夏服チロリアンテープ付き　浅井美奈子
淡雪や妻に作りしチョコムース　浅井遊助
窓越しの蝙蝠しずか夕暮るる　朝桜咲花
プールぷかぷかほの軽き乳房かな　朝月沙都子
父愛でる小さな庭の福寿草　浅蜊ヤギ
花大根今日という日のいとおしき　芦田きみ
ストーブを囲む弁当九九の声　東ゆみの
ベランダのインコよ春の鳥になれ　足立智美
扇風機つけて怪談終へにけり　あなうさぎ
白バイに乗れるイベント春の色　穴山幸子
「ル・モンド」にミモザ包まれ駅の花舗　あね猫
買初は電子辞書用乾電池　姉萌子
沈黙の湧く妖気かな半夏生　阿部草薫
青嶺には人気すいとる神がいる　天野かんかん
燕の巣ポストの赤はゆるがざる　天野規之
邯鄲のるるる古都を偲ばるる　あみま
三匹の猫重なりあう春の雪　彩史
用事あり蝙蝠のいる古き納屋　彩弥瑞侑
退職の荷物抱へて春の星　荒谷明紅
冬林檎故郷のにおいを連れ帰る　ありす
異国より風船来たる背戸の庭　有田みかん

裸木や二本つくろふ子のズボン　有本典子
寝たきりの祖父に首振る扇風機　アンサトウ
リラの花恩師の訃報届けたり　飯尾喜美恵
朝露を踏み体操の最後の日　飯尾美華
豆腐屋の濡れた釣銭花冷えや　飯田孝子
わが秋思シートベルトが首にまで　飯田美代子
孤独かと白木蓮の旧校舎　飯村祐知子
眼帯のようやく取れて窓の春　井岡照子
脱走は三度目春の散歩道　池田愛子
ポケットの膨らみ二枚のハンケチ　池田享隆
光れ泥だんご忘我の晩夏光　池田友彦
鈴虫や内職のホチキスぱちん　池田三佳
湯ざめとは月蝕終はりゆくに似て　池之端モルト
亡き祖母の離れの在りし庭に春　池松亜美
古雛や疎開の記憶薄れゆく　池本光栄
病して春はますます歩み寄る　イサク
登校日廊下の端に秋隣　いさみ
陽炎のその先にいる市営バス　伊澤遥佳
みどりごの髪のほよほよほよよ春　石井敏嗣
ペダル漕ぐ肩に天牛風を待つ　石岡女依
櫨紅葉夫の担当美人女医　石崎京子
遠雷やもう別れたき人なれど　石澤双
遠雷や顰深める信長像　石田将仁
海賊の地図のごとくに蛾の模様　石田裕美

蛍火のゆらり車中へ掌中へ　石塚久美子
嫁の声とルイボスティー春の色　石橋友子
拝所に無縁仏と花八手　石元あけみ
幽霊のまた金借りに来る夕べ　石山歩杏
蚊帳吊るや四方の紐の色違い　居住和み
バンパーに八幡平の赤蜻蛉　いそべはじめ
バケツいっぱい蠢く蟹を持つてけと　伊丹春水
見とれしは春田の海の雲の白　イチ
福引の玉ぽとん母息詰める　市川こけもも
雨上がり蚯蚓ピカピカ道を行く　一條沙愛子
待ち望む揺すって眺めて梅酒かな　一瀬和子
窓枠のスモークツリー炎天下　いちの
型紙はいらぬと祖母のちゃんちゃんこ　一星暁美
三浪に天神さまの梅さいて　市村恵子
鳩のごと放つ風船陽を透し　市山幸江
真黒な薬缶の酒のおでん屋よ　一久恵
地蔵盆チャップチャップと廻す数珠　糸魚川裾野
夏の果ペット半額てふチラシ　伊藤恵美
しずしずとタグ切る参拝の春著　伊藤数子
朝寒やドア閉め歩き夫の後　伊藤佳津
ひとん家のフランス人形夏の果　伊藤朋子
里親会は十六時から秋隣　糸川ラッコ
笛の音や鼻にひとすじおしろいを　稲垣清美
日雷懇談中の教室に　戌の箸置

タレントの句集は新刊春爛漫　犬棒
蜜柑の花庭つき家の分譲地　井上よし江
瓦斯灯へ白木蓮の香の零る　井納蒼求
おろしたての軍手テキパキ焼き芋屋　猪瀬さと子
リラの花一人よがりの友でした　茨しろ
釣堀の竿ひまそうに並びおり　今井淑子
福引や鳴るのはいつも前の人　今田真美
ドアノブに回覧板と冬林檎　彩人色
春行くや遺骨に蒼き供花の痕　色葉二穂
迷い込む子蟹一匹海荒れる　岩城おさむ
平凡に生きると決めて日向ぼこ　岩田恵子
吾子握る青き小さき松ぼくり　岩松良玹
読みさして凶器はきっと氷柱です　岩村恵子
白梅や立ちあがり顔寄せる母よ　岩本敦子
城跡の土塁なだらか荻の声　うーみん
旧姓は嵯峨ですけれど御身拭　植木彩由
小堀流ねずみ島での寒稽古　上筋成美
陣痛の二日目に入る夜半の夏　上田弥弥
マスクごし母にも届け卒業歌　上田弥生
貝釦割れて二つや秋の風　上本みのり
放流の蛍火街の灯に紛れ　雨水二三乃
エイプリルフールと言って推しの結婚　うすむらさき
夏木立ひとり上野にマティス見る　うたた寝
友よりの便り来たりて春を知る　宇田豊美

秋扇や線香の灰はらと落ち　内田ゆの
懐手して鯛焼を慰める　空木花風
三伏やカレーライスの隠し味　ウッさん
ふくしまの種ひまわりの母として　うっとりめいちゃん
片耳に無患子の実のイヤリング　宇のななみ
モヒートとヘミングウェイと藤寝椅子　卯之町空
白靴は行く雲一つない銀座　海野青
ミルク飲む寝てはまた飲む春の雲　梅の薫
餅花や古民家の手作りランチ　梅の木千恵美
梟や真白き影のやうに鳴く　浦野紗知
荻の声ドッペルゲンガー先行けり　うはのそら
福引をゆっくり回して当たりけり　栄音
花冷えや診察待ちの絵しりとり　江國優笑
春の泥二十五年を添いもせず　えにし
四人部屋にシクラメン置く場所さがす　榎好子
詫び状をやっと書き終へ狸汁　笑姫天臼
幽霊はだから微笑んでいるのか　笑田まき
鍵落とし気付かぬ婦人炎天下　絵夢衷子
春の色オムツが濡れてピンク色　エリやっこ
その鎌はまだ戦意あり枯蟷螂　恵林
遠雷にピクリと動く大型犬　遠藤千草
持ち主を替へる文机啄木忌　及川智子
旧姓にもどる一夜の踊の輪　近江菫花
行き帰り声かけてやる案山子かな　大井ケイ

後の月二階の息子いかにせん　大石百合子
夏めくや補助板を蹴る逆上がり　大井田江月
秋の空ベビーカー駆るママランナー　大鹿糠文彦
航跡の果てに落ちたり夜這星　大久保加州
飼い猫とひとつ枕の秋の風　大熊美代子
冬潮や一人で食うか港飯　大古小夜
記念樹の下に集ひて春写真　大嶋宏治
中年の退屈そうな紙鳶　大空晴子
波頭ダイヤの如し春の海　太田健吾
道中も喋り散らすや女正月　大谷千江子
赤ちゃんのうんちのにおい福寿草　大津美
春炬燵犬に手枕テレビ消し　大西幾代
巨大猫現る春色のジオラマ　大西神奈
木下闇電話ボックスの憂鬱　大野喜久江
春手袋鹿鳴館の落し物　大野喬
夏服の行員ベンチにてランチ　大橋あずき
貝寄風や話さう話さうと思ふ　大山和水
鏡へと春著の破顔走り来る　岡田瑛琳
オルゴール故郷のうた寝正月　岡田晴代
子の部屋に残る机や菜種梅雨　岡野弘子
きょうだいの脇ただれたる田草取り　岡野むつみ
向日葵や描く時いつも後ろ向き　岡本喜美子
行く春やのど飴缶の蓋開かず　小河美日
三月に届く水筒そらの色　オキザリス

赤蜻蛉あんたの妻をさがします　小木さん
啄木忌お城で食べるコッペパン　お京歩
冷房は効いているはずプロポーズ　おこそとの
切り立てる夕日の崖や鳥交る　和尚
河川敷簡易事務所は酷暑かな　小田毬藻
鋭角にあふれ光りし酷暑かな　尾田みのる子
猫の家雪見障子の穴七つ　乙華散
桜蘂降る4月のままのカレンダー　おでめ
次に会ふ約束はせず鳳仙花　音羽凜
花曇知人の名載る訃報欄　小野寺裕子
鬼は野菜正月堂の春祭　小野とらのは
積ん読の山の崩れて秋隣　小野陽笑
傀儡師のコンビニに買ふ全国紙　於六
忘れたる床下の梅酒は漆黒　快晴ノセカイ
かるの子やいつも一羽はよそ見して　櫂野雫
扇風機時代かわって持ち歩き　香川登志子
休日に笑顔朝顔蒔く子ども　ＧＡＫＩ
出来事はみな西暦や燕来る　柿本陽生子
腹立ちて飛び出す我に炎天下　楽和音
夏来るミーアキャットは穴掘り中　花心
飯まではすることもなし春炬燵　河西多津子
夜もすがら音おそろしき蚕様　風早杏
水しぶきかかる覚悟の露台あり　和婆
石焼芋焼き上がりは四時十分　かずぴい

今日からは後期高齢水菜炊く　和世
夏落葉楠公さんは通学路　かずよばあば
買初や歌舞伎帰りの人の波　凪かをる
君不意に問うやミモザの花言葉　凪の木原
七月や君と会えずに七カ月　凪街光
屈む子の見てゐるカツプ酒に蟹　片岡六子
夏料理妻へ感謝の予約席　片桐章
元日や玄関にずらり孫の靴　片桐順子
掛乞の猫撫で声に子の懐き　片野瑞木
つばさ上父と我をのせ田を鋤く　賀茶
虎落笛白湯一碗を流し込み　かつたろー。
冬天や恐竜も猫も尻尾立て　加藤西葱
故郷の島を見てゐる立ち泳ぎ　彼方ひらく
夏めくや茶筅の先の濃みどり　金子あや女
籐寝椅子許せる私褒めている　加納ざくろ
七月や父の番号消せぬまま　叶野澄子
赤蜻蛉園児ら乗せて路線バス　狩野好子
ペットボトル抱く子らのプールに小雨　上北小子
天牛よ草間彌生の絵を見たか　紙谷杏子
炎天下白杖先の揺るぎ無し　亀井桂子
種痘痕親いることを思い出す　佳葉
燕来る間口の狭きレストラン　かりそめのビギン
天牛のあわてふためく家の隅　川上和子
姪甥の帰り静かなお正月　河孝

故郷の案山子消えゆく時代かな　河野信義
ストーブのたらいへ浮かぶ牛乳瓶　川端芙弥
鈴虫や遠きタイマー鳴りやまず　川端庸三郎
お姉ちゃん微笑みかすむ春の星　川辺あけみ
金盞花や夕日ふたつの水平線　神作迪基
ジョーカーを引く指先の冷たさよ　元旦
一輪の蒲公英の咲く石畳　東理美枝子
飾り馬手綱引く手に夏来る　菊本敦子
夏木立布の巻かれし幹もあり　如月文
忘らるる前に忘れよシクラメン　岸来夢
緑めくプールへ松ぼくり投げぬ　北里有李
差し入れは鯛焼相撲部の部室　きなこもち
還暦に子らあつまりて春の雪　衣笠山
絶えまなく進む蟻たちどこめざす　木下黎子
釣堀やもてあましてる我が身かな　希布
春手袋外し確定申告書　Q＆A
岡安の実況湧くや淀に春　京あられ
半袖のまだ白き腕夏来たる　己良子
歳末のコリドー街のスタチュー　希代子
曇のち桜蘂降る日曜日　清瀬朱磨
菜種梅雨俳句日記が習慣に　喜楽々
薬売り紙風船を縁側に　桐山充子
通学路ちぎった蒲公英の道しるべ　桐生のたんぼ
日向ぼこ記憶が薄れていくように　希凛咲女

梨の花受粉バイトの時給聞く　銀髪作務衣
向日葵の奥かなしみの揺れずある　ぐ
風船よ放射線科は地下一階　草のみどり虫
三代の光頭まもるパナマ帽　楠本悟
くたびれし案山子に雨の静かなる　口井真紀
二人目の名前の候補女正月　ぐでたまご
古びなよ牙をいずこへ隠したる　くに太郎
保育士の癖松ぼくり品定め　窪田ゆふ
炎天下愛の一字を砂に書く　久保壽子
編みかけのセーター残し旅立てり　久保真珠美
砂灼くる駱駝専用信号機　くま鶉
田水張るいのちこんこん兜えび　熊谷温古
嫁する吾子紅差し終えて秋の風　熊納言惠兵衛
ひまわりに背中押されてウォーキング　熊埜御堂幸子
組み立てた棚の歪みの酷暑かな　くみくまマフラー
水球部触るもの皆鷲掴み　倉木葉いわう
青と黄をパレットに出す夏木立　倉田こまめ
おつさまの薬自慢や狸汁　栗田すずさん
その先の先の蟻だよ先頭は　空流峰山
腹当を尻まで伸ばす更年期　椚澤美香
蟻達の嬉々担ぎ上ぐ羽一枚　紅
三界にコロナ三年の夏来る　紅の妹
燕来る古巣を愛し泥と草　黒田野枝
夏めくや村のパン屋の扉赤　黒猫

御身拭やさしくあたる白はたき　薫陶
酷暑にカレーライスを食う食う　桂花
金魚玉深夜の点滅信号機　家古谷硯翠
薄闇に飛べぬ蚕のまゆ光る　玄辰
人類がほろぶ日も咲け鳳仙花　剣橋こじ
帰宅の駅青空見上げ遅日かな　小出雅実
掃除機も手足も洗ふ酷暑の日　紅雲
黄落やドヴォルザークと五時の鐘　郷司牧子
リフォームの柿落しや日向ぼこ　甲野裕之
白菊や小さく呼ぶよ友の名を　古賀明美
我死なば葡萄酒醸す樽下へ　古季
村時雨畑に残りし鍬ひとつ　小木曽幹男
百合鷗観光船を友として　極とんぼ
波乗りに乗って若者降りて爺　湖香斎
藤寝椅子をとこの尻は尖ってる　小笹いのり
突き刺さるままのスコップ炎天下　孤舟
業曝す焚口に爆ず松ぼくり　小手毬
猟犬が酉小屋襲い弁済金　琴千恵子
馬鈴薯のふつふつ明日は黙禱す　小鳥ひすい
目じるしのきいろの帯や踊の輪　古都鈴
我が娘義母と呼ばれし女正月　小西利子
夫のもの子に羽織らせる湯ざめかな　小林照江
嫁がせて独り言増え後の月　小林美乃莉
青鬼やたん切りあめと春祭　小林由紀子

糸通す眼鏡ずれている母の夜なべ　小原富栄
天瓜粉十円大の蒙古斑　小藤たみよ
主人なく乱反射する金魚玉　牛房佳子
赤と黄の孤独ポストと向日葵と　米田勉
高山植物園ぐるりと青嶺　米谷隆
闇を切る踊り娘の手の美しき　小森侑子
ふわふわの「ねこばあさん」は茅花なり　湖山池みり
霜月や実家に電話したくなり　五葉松子
カーラーに母の遺した木の葉髪　紺雪ぬくし
七星の如き痣かな寒稽古　今藤明
ふいふいふいふいと石の上より河鹿かな　今野秋桜
天瓜粉クピトの背なの小さき羽根　彩汀
差したかな眼薬二つ春炬燵　齋藤園丁
散歩道折り返し地は花卯木　齋藤京子
白桃や少年兵の小さき墓　斎藤玲雨
お日さまと金線ガラス夏料理　酒井育子
扇風機こむら返りを傍観す　酒井春棋
ふるさとの訛でなはん啄木忌　﨑山京子
時を経て聴く陽水やホットワイン　櫻井清和
病経て心見つめる春の泥　桜木八十四
燕来る学園の付く名の駅に　桜鯛みわ
実石榴や私もいつか割れるだらう　迫久鯨
松ぼくり怖いと泣きし子は四十路　埓田小夜子
無患子を右手に祈りて虚空蔵　佐咲妙星

九時を過ぎ子らは帰され踊の輪　佐々木延美
馬鈴薯を調理如何にとスマホかな　佐咲ひろこ
淡雪の消えてこの世は物語　笹里
炎天下六つに切れた鳶の羽　さ実
井戸替や小柄な父の独壇場　早智
対岸は母の居る街茅花かな　さとう菓子
轡虫風呂は虚ろを生むところ　佐藤志祐
ストーブに弁当匂う四時間目　佐藤ヒデ
花曇炎症反応7・5　佐藤みどり子
荒星や硬貨撲ち合ふ返却口　さとけん
炎天下傘の花咲く神宮笠　里村美和
西日浴び光の玉の電車過ぐ　佐渡谷金山
寒稽古泣虫健ちゃん今警官　里山さくら
七色のネオン中州に生簀船　里山まさお
イタリアの風を歌うや半夏生　紗羅さら
桜蘂降る小径未亡人の散歩　紗理依
乾いたプリントの滲み卒業歌　猿渡温美
丸型ポスト撤去の知らせ雪蛍　山河深秋
まだ墨の混沌として初硯　三月兎
八十路なお夏服の胸飾りたし　山査子
紙鳶ビードロよまの唸る空　山笑
阿蘇は春いごこちのいい火山岩　さんふれ
裸木の硬き音たち五線譜に　四季春茶子
おもおもし巡視船沖能登酷暑　シヅ子

一人居も予定ぎっしり初暦　篠田栄子
額の花閻魔様と目合はせしか　柴犬男子
胡桃割る君の横顔宵のバー　柴桜子
霊園の青葉の下に父はいて　渋皮煮
衝羽根の一片の欠けて愛らしき　蘂六
井戸替や消防団のポンプとバケツ　島田三次
巾着を継父に預け追う蝶々　しみずこころ
襲名の兄弟四人新松子　清水縞午
泥けむりお玉杓子の伊賀甲賀　清水三雲
蟇もらっていいかと大工さん　下津可知子
青麦や胎動ぴくん夫の手に　じゃすみん
秋思かな父の享年越えし今日　秋悦
能登の旅弁当さげて村時雨　珠恵
磨かれし廊下波立てゆく百足虫　シュリ
こつそりとくぐる裏木戸花八手　じゅんこ
小道具はハンケチ一枚学芸会　しゅんちゃん
鳥威しのカラカラ光る沢田ん家　城ケ崎文椛
櫨紅葉たそがれ泣きの吾子のほお　笙湖
夏蜜柑年老いてなお実たわわ　城導寺萬太郎
理科室の井守の赤よ天命よ　白子ポン酢
芝浜を聞ける車窓や初霞　白玉みぞれ
首元にハンケチ返事するたびに　シルマ☆
乱世の土塁にけふは水仙や　白猫のあくび
昼顔や以下同文の努力賞　白プロキオン

節電をうたう小声の扇風機　神宮寺るい
白梅やようやく一輪ガラス越し　伸子
吾の顔も忘れ行くのか寒夕焼　シンノスケ
白南風や床に広げるぐりとぐら　末永真唯
今日はまだ帰りたくない氷柱折る　杉沢藍
飛んで来た座敷旋回鬼やんま　鈴木久美子
新豆腐掬うは銅の花網で　鈴木秋紫
端居して祖母の恋バナ流れゆく　鈴木典子
ソロキャンプ白桃の缶詰開ける　鈴木暮戯
餅花をくぐり楽屋へ立女形　鈴木麗門
ゆりかもめ船と暁ともに追ふ　鈴白菜実
8ミリフィルム夏服の白にじむ　鈴野蒼爽
秋天のむこう側から鳩が来る　鈴野冬遊
鎌の先蚯蚓引っ掛け遠ざける　寿々芽
ががんぼやこれ以上脱ぐ服がない　砂芽里
寄居虫やペットボトルのふた背負う　スモールちもこ
摂待ののど飴残る頭陀袋　世子
戦火経て生きし火鉢やメダカ棲む　ｓｅｋｉ
秋隣り孫の来ぬ日は中辛に　関口青雲
円満に遺産分割夏の果　関野明子
先生はみんな歳下苦うるか　せくろうば
幽霊や子育て飴ならあげませう　折口也
濃淡の青葉よ山に駱駝の絵　瀬戸内凡太夫
コンバイン新藁食ってすぐに出す　瀬戸正男

春宵や陰を褥に猫眠る　総一郎
残雪や心も踊る勧進帖　蒼牙天子
紅茶のむ法令線に秋思かな　草夕感じ
真っ直ぐに神社の道を実朝忌　草流
親の部屋西日いっぱい堰き止めて　外鴨南菊
韓国や銀杏踏みてうどん屋へ　曽根和子
父と子で茸山に入る夜明け前　曾根啓視
踏切の勢いのいい火取虫　染野まさこ
日向ぼこ今日と変らぬ明日願い　宇宙
夏めくやきゅっと背伸びのふくらはぎ　そら
犬走に並べて氷柱博物館　空豆魚
やれ駆けるなやれ転ぶな桃の実に　泰平
大鍋へ割る福引のカレールウ　平良嘉列乙
学ランの明るき黒や春の泥　高尾里甫
春の雲山に恐竜寝ているよ　髙木あや子
埃払ふ書棚に中也冬匂ふ　高木和代
子と猫とおやつ分け合う蚊帳の中　髙木知子
花曇り香り漂う夫婦路　たかし
主催者はレスラー春の譲渡会　だがし菓子
どこまでも歩ける靴よリラの花　高瀬多佳子
三月のオムライス冷凍車は行く　髙田美由紀
エイプリルフールすずめのとまる靴　打楽器
お隣りも向かいも増えて冬の墓地　鷹之朋輩
終点は雪野ひとりになつたバス　高橋寅次

ピアノ弾く父指震え晩夏光　高橋由雨
虫送り呪いのごと太鼓打つ　高原ミミ
初霞卑弥呼の里はあの辺り　高村紫苑
名前かくかまぼこ板にプールの日　高本美智代
満員のはとバス東京タワー灼く　高山佳風
石焼芋割つて飛び出す四分音符　高山ポン
お喋りの人形相手に春の夜　滝野教子
秋の風よ、母旅立ちの途中です　田口三千惠
盛り付けに山と谷あり夏料理　武井かま猫
倒れし蒲公英再び甦る　武内和美
化粧石撒く隣人に御慶かな　竹内寛
寝正月眼鏡をかけて夢を見る　竹コバ
独り居の庭に立ちおり寒夕焼　竹田圭子
退院日寂寥なる春深し　たけちゃん
友の目の憂いよ渡す寒卵　竹永光江
まだ早い春手袋は姉のもの　竹村日出子
夏の海末広がりの足の指　竹村マイ
草芳し通過列車に帽子まう　田子の浦
食むをやめしづか秋蚕は飴色に　太之方もり子
開け放ちをり予備校のお元日　田島閑
箪笥跡蒼き畳や西鶴忌　黄昏星
いわし缶の缶洗ふ音蓑の音　只蒲公英／淡黄譜
夏来る万年筆を青にして　立谷大祐
炎天下献血願う拡声器　タツキヨシコ

春園やキッチンカーのメニュー表　立田鯊夢
タバスコの瓶底にある春の闇　立石領
春の空透かし合格通知かな　伊達紫檀
土牛画く醍醐の寺は花曇　田中昭恵
買初は散歩コースの酒屋かな　田中豆風
土間の鮫上目遣いに横たわる　田中東万
雨後の傘からだ広げて日向ぼこ　田中美穂子
新藁を取り合う雌牛の息荒く　田波美代子
寒灯の広場デモ隊の集結　谷川ふみ
退団の朝や凛々沙羅の花　谷口詠美
家並みより見え隠る佐渡春の海　谷昶子
つれづれに妻爪切る菜種梅雨　太八
おそろひの白靴かろし万歩計　玉井令子
客帰る夫ほろ酔や寝正月　多万惠
左手に赤本右手に鯛焼　たまのねこ
キーボードの「I」失せにけり春の闇　田村治甫
藤の香のむせ返る宵君憎し　だるだる
オガタマの香ととびぬ夏落葉　太呂平
扇風機蹴つて帰つてそれつきり　たろりずむ
縦走路ただ黙々と青嶺行く　丹英伯
最後のみ紙の辞令や秋の風　地球人
北窓開く戸袋に卵あり　ちくちく慶
二日月母の形見の鯨尺　竹間遊子
淡雪やポストの縁をぬぐふ朝　ちくりん

荒星の墜ちて生まるる島あまた　千歳みち乃
玄関のチャイム鳴らして幽霊来　ちゃあき
蛍火を夜間宅配幼子へ　茶渋
船旅で見た星のごと露台かな　ちゃちゃっぱ
店先のふたり白桃まるかじり　茶茶の嬉嬉
再配達メモ押し込みぬ半夏生　ちよにいろは
元日は親子でお出かけ古本屋　塚ますみ
輪の中に出入り自由ゆりかもめ　塚本美智子
山と山繋ぐ飛行機雲よ春　月あか里
進路決まらぬ子揃わぬ卒業歌　月香
木の葉髪今日もあんぱん買ひに来る　月野うさぎ
夜の秋逝くなと義母に耳打ちす　月のうさぎみちよ
田を鋤くや神は「柱」と数ふべし　月乃朱夏
喪服脱ぎ招き入れるや枯蟷螂　月最中
遠き日の国体道路黄のカンナ　つく婆あ
幽霊と間違えられて父帰る　辻正
クタっとぬいぐるみ愛犬逝く冬　つたば海蘭
山あひの役場に赤と黄のカンナ　つだるる子
台所の綺麗を保つ寒玉子　土田仁美
金鯱盗弔ふ寺に沙羅の花　土本顕拡
現地語の落書き市場の扇風機　土屋信行
オーボエのリードの音波べにつばき　綱川羽音
ちり紙にグミ包まれてゐる遅日　ツナ好
遠雷に急ぐ家路や千鳥足　常山信樹

蚕透く湯の香誘う榛名山　翼つばさ
白南風の只中スワンボート漕ぐ　坪田恭一
寝ぼけ顔畦の案山子にお辞儀する　つゆ草
五十年師との再会藤花園　鶴田幸男
顔の皺少し伸びるや田水張る　鶴富士
青麦や育毛ブラシ新調す　貞子
夏服やアイドルの名の坂と撮る　十一心水
風船や明日にはすべて手を離れ　東京堕天使
花曇区間快速待つホーム　時岡真佐恵
米余る世になほ励む田草取り　戸崎正明
思い出の子供服着る案山子かな　戸沢ケイ子
額の花一輪でもと水をやる　戸田陽子
本年もごによごによごによと御慶言ふ　栃本我楽多
青麦や人と比べるのをやめた　ととおとうと
買初や丹波黒豆二割引　どゞこ
寒暁を蹴って連続二重跳び　となりの天然水
アルバムに幼き兄の赤セーター　冨安幸志
真新し夫の卒塔婆夏来る　朋女
起きぬけの幸せ祈る初暦　友竹幸子
軽鳧の子はラジオ体操の曲が好き　友だち
元日の健き産声明け七つ　供田満智子
初硯やいのやいのの母の声　ともてら
行く雲や羊を追った夏帽子　豊國隆信
菜の花や海なき里を鯨塚　内藤羊皐

仏掌薯鈍る腕押し揺れ啜れ　長江尊平
腹当に金を仕舞ひしふたり旅　中川美紀
赤信号手も足も出ぬ炎天下　流孝博
ペンギンの空飛ぶ槽や夏来る　中島かず代
買初や花びら餅をふたつみつ　中島多万恵
春灯を消す手の肝斑も二つ三つ　なかね愛夢
茅渟海祖母と集めし桜貝　なかの花梨
父の名の表札はずし春の雪　中野風鈴
鳩のごとく風船去りて閉校の歌　なかひろ
休日に旅立つ父よ春霙　なかみね
夏木立此処に土俵の在りし日よ　中村利明
夏めくや街にサーカス親子連れ　中村朋之
蚰蜒にげじげじなりの夢はあり　中山余呼月
亡き父の光吾を抱く春霙　鳴きうさぎ
親父より現役永し扇風機　那須のお漬物
アルバムを閉じる老いた手西日差す　なつを
七月や助教の昼はロコモコ丼　夏埜さゆり女
十四階八時のベランダ三伏や　夏密柑久楽
地獄への入り口灼くるマンホール　なつめ
塗替えし壁の記憶につばめの巣　七月玉美
来ぬ人の命祈りて夜這星　奈良眞澄
藤棚の香る長椅子一人占め　西さくら
箸紙も書き終えて聴く除夜の鐘　西田弥生
迸る檸檬、爆弾低気圧　螺原トモ

バスの窓案山子に振るや園児の手　にしみさお
デモ隊の足どり魚影めく除夜よ　西村青夏
春の雪片手のクレープほかほかと　西村友宏
檜皮葺き屋根なだらかに御所の春　西村泰子
元日の聖歌晴れやかなるを聴く　新田ダミアナ
艶やかや百七十歳の母樹の梅　庭の吾亦紅
キリン舎を背に自撮り棒山笑う　丹羽れお
銃身の熱を背に負ひ裘　暖井むゆき
母の縫ふ単衣に古き鯨尺　布村柚子
妙本寺北条憎しと額の花　ねこ
荒星やピエロのスケート描く円　猫日和晴
おでん屋に肩寄せ合いの杯の音　のきしのぶ
寒声ははく息荒く朝連よ　野田香代子
熟睡の小犬りんごの香にくぅん　のの
だるまさんがころんだ稲棒軋んだ　野山遊
蔵の唄聞かせし新酒飲みくらべ　のり鈴
板の間扇風機ラジオから津軽　のんきち
セーターや編み直されて斑馬　のんちゃん45号
手はお膝集合写真の紅葉山　白山一花
若き日の祖母よ満州の立泳ぎ　白水
影長く幸せ永く秋隣　一富丸
夏帽や二歳一歳二人乗り　橋本千浪
バイク乗る繊細な君蓼の花　長谷川シズ
児童館西日に染まるトム・ソーヤ　はせがわ水素

カンバスに夫の絵乗せて夏来たる　長谷川遊山
鬼の声こそが地声の傀儡師　長谷機械児
風と来て風と去りゆく冬の梅　沙魚とと
夏落葉置き忘れたる竹ぼう木　畠中榮美子
桜蘂降る西郷どんの果てし窟　麦華洲
故郷へ球児帰りし秋の雲　服部和典
三方にモンブランひとつ後の月　花澤真子
晩夏光出来ないことが増えてゆく　花散里
女剥く白桃印を結ぶごと　花屋英利
夏めくやトンネル二つ抜け琵琶湖　華
鈴虫よ母の日記の繰り言よ　花結い
桜蘂降るガラシャしあわせだったのか　花和音
すれ違ふ人と目合わす酷暑かな　ハノハノ
後の月残り火に青沈めけり　馬場めばる
一人食む白桃重く滴りぬ　浜けい
蝙蝠や夜の校舎に残される　はままこみかん
外灯の影絵は猫か夜半の夏　原水仙
戸締りの確認三度山笑ふ　春木
農道を急ぐトラクター燕来る　春来燕
残雪の山に急かされ野良に起つ　春田典子
軽鳧の子の一二三四五匹かな　春の新々
秋扇や落語の落ちを聞きたがる　ハルノ花柊
ががんぼや手足短し吾の人生　万里の森
春宵のバスタブざぶり鰐の如　ひいちゃん

残された革手袋の手のかたち　柊まち
たにぐくに成りそこねたか溝の蟇　匹田ひとみ
次のバス待つか歩くか梨の花　樋口滑瓢
送信を押せずに寝たり春炬燵　久田芳美
炎天下塞ぐ道路に人夫の背　土方珠枝
卒業歌校舎の壁の花の影　翡翠
ストーブに吊るす弁当沢庵の香　秀爺
たんぽぽの綿毛を追って逝った猫　ヒナギク
波乗の海へ落ちゆく音ひとり　ひなたか小春
あと一つ開かぬビンゴ花曇　ひなた和佳
向日葵や鬼が迷子のかくれんぼ　日野翠
白バイの青いタオルや酷暑なり　閑人
青空を叩き割るなら向日葵で　ヒマラヤで平謝り
金盞花若き日の父母そこに居て　桧山和枝
炎天下母校に残る尊徳像　ひよこ豆
赤蜻蛉屋台の夜をゆうらゆら　平岡朋子
梅も見ず社に進む親子あり　平川静子
大根ぐつぐつ徳利が待っている　平中小紅
蟻湧いて大仏殿へつづく路　平本魚水
買初は本を一冊季語手帖　平本文
八十路入り大炉のけいこ梅香る　広崎京子
父よりも十五も上や木の葉髪　広谷聖子
五歳児の白帽なるや飛び込みし　弘悠
忽然と吐かれた毛玉半夏生　枇杷子（新潟）

水菜洗ふ水切加減やや迷ひ　枇杷子（長崎）
秋澄みて紙飛行機大空へ　風香
机上には冷房あたる通知表　風歌
見送りの搭乗ゲート夏の果　ふうこ
園庭の低き鉄棒小鳥来る　深川牡丹
白梅が揺れて最後の登校日　福季智博
夏の果代表送る秩父宮　福澤啇
フーテンの寅今いづこ春の雲　藤代省吾
春行きて柱に傷をきざむなり　藤田弘子
ペダル重きダンス帰りや夏めく夜　藤田みのり
おもちゃ屋のシャッター下ろすお元日　藤町紡ぎ
除夜の風呂他人には言えぬ儀式あり　伏見知子
セロリにはピーナツバター帰国の子　藤本花をり
遺跡めく鮫に従ふ百の雑魚　藤雪陽
焦げ付いた恋とあんころ餅と春　船谷富士夫
合鍵を西日に託す父が見ゆ　舟端玉
ひょっこりと真顔の父の立泳ぎ　文月蘭子
夜の秋アームチェアーに一人寝す　符美羅
夏の果田舎に探す新天地　冬野とも
秋燕ベンチに帽子の忘れもの　古川紀美代
駆け出して焼芋屋追ふ城下町　古川制子
幽霊に死んじゃダメよと諭されて　古澤昌代
うすき刃にみづの硬さの新豆腐　古瀬まさあき
グランドでスクラム組みて卒業歌　文足りる

飛び込みの人の卵を抱くかたち　碧西里
朝顔蒔く今年も千個咲かせます　ぺこ
黄落の道を第九の初合せ　ペコリーノ
鯛焼や別れ話はどうなるか　紅まどんな
寄るべなき港のすみに鮫一つ　房総たまちゃん
蚊帳明し祖母とテクマクマヤコンと　北欧小町
さよならの練習いらぬ卒業歌　ほしのあお
車椅子胼の手で押す美術館　細木さちこ
近寄るな寄らば斬るぞと鬼やんま　細田直人
雨の夕桜蘂降る園ひとり　ほなみ
幼子の鳴らぬ拍手冬の梅　仄仲慈山
秋澄むやアリア流るる奏楽堂　歩々茈
うとうとし蟻の足音遠ざかる　堀井和衷
邯鄲や不倫小説いま佳境　堀口房水
カーナビの知らぬ抜け道櫨紅葉　堀米志津子
同衾の背中合わせに虎落笛　本郷てい
じやろじやろと石焼芋の石擦れあふ　梵庸子
母の忌や姉の藷粥大ざつぱ　毎日が酔曜日
向日葵の畑一面南向く　前田絹枝
約束の鐘を鳴らすや秋燕　真喜王
この街にハケンで八年梨の花　まぐのりあ
沙羅の花わたしはずつとお姉ちゃん　まこ
カギっ子と寒夕焼けとコロッケと　まこと七夕
蝙蝠に負けるものかとペダル漕ぐ　増山銀桜

幽霊がいつもの癖の爪をかむ　増田正巳
台湾の有事の予感日雷　松尾淳仁
メビウスの輪ではあやせず天瓜粉　松尾昌典
夏来る前髪を切るラシャ鋏　まっちゃこ良々
予科練の赤帽沈む飛び込み台　松永幸江
永き日や駅の名教える祖父の声　松風女
ほこ天の中折れ帽の秋扇　まつぽっくり
向日葵や防災無線の尋ね人　松虫姫の村人
歳末や箇条書きする常備薬　松本笑月
「サッカーどころじゃない」哭く三伏の芝《ピッチ》　松本山雅サポ（杉☆）
鶴姫の小さき甲冑揺るる藤　松山千鳥
夏来る杉戸の白象外を見よ　まどたまご
故郷の淡雪のこる土橋かな　間森坦
鳳仙花朱一輪の薬指　まゆ
さたうきびしがみしがみてしゃくりあげ　毬雨水佳
触れたのは私の白髪夜半の夏　まりも
永き日の先ずは飲み干すラテアート　丸小笑
寄居虫や風呂トイレ別ワンルーム　まるにの子
ハムスター埋めた小庭の向日葵よ　マレット
新しい家計簿エイプリルフール　満田由佳子
どの色も今は眠れる蚕かな　まんぷく
公表のトランスジェンダ初霞　萬楽
一円の山は灰色小鳥来る　三浦にゃじろう
校庭に羽ばたきさうな白木蓮　三日月なな子

深海を奥へ〳〵と紅海月　みかん成人
ストーブや乳飲子と住む三畳間　美佐子
飯豊山春田の鏡風匂う　身知不柿女
遠き日の祖母と砂糖と夏蜜柑　みずお
沙羅の花懐紙の折り目噛む茶室　水鏡新
せめぎあふ腸内細菌夏来る　水木和子
燕来る黄ばみかけたる運動着　美須子
荒星や母子でうたふ山羊の歌　水須ゆき子
白南風に行ってきますの声澄めり　みちえ
少子化や一家総出の虫送り　道下奏
エプロンのタグに母の名秋燕　満生あをね
太宰忌のどこかよそよそしい街を　みづちみわ
夏落葉ハシビロコウを急かす夫　みつまめ
肩掛は真朱けふはデイサービス　満る
修繕の足場組む音や鳥交る　三富みつ葉
定位置につがいで来たる燕来る　水口明美
目薬の一滴二滴夜なべ継ぐ　美奈子
半夏生めつたに化粧せざる母　港のケイコ
マンションの整列の灯や冬の帰路　御法川直子
春の雲女児らがハモる絵描き歌　みみずく
スーツケースはみ出たる裾ちゃんちゃんこ　三群梛乃
太宰忌や独りぼっちは万華鏡　宮井そら
玲瓏と元日の月に変はりたり　都みちゑ
ジオラマの長きトンネル山笑ふ　宮沢信博

ゴンドラの客待って寄る岩燕　宮下孝子
読経や石に井守のみじろがず　宮武濱女
若き日の西日浴ぶ部屋輝やいて　美芳
馬の背と呼ばる青葉の山々よ　三好しず九
向日葵と勝ち負け競う背比べ　みらい10才
暖かや嘴広鸛は一瞥す　みらんだぶぅ
沈丁花父の作りし風呂場小屋　みるふぃ〜ゆ
安否確認メール本番は厄日　ミレイ
一族の凹みにはまり藤寝椅子　海羽美食
春の夜の老母の口にある虚空　みんみん
割り込みがどうとか夜の金亀虫　麦のパパ
毛皮売る帝国ホテル牡丹の間　むげつ空
炎天下ソーラーパネルぴちぴちと　夢耽
日向ぼこいいあんばいの屋根瓦　村井美智子
ハンカチの白に昔を折りたたむ　村瀬ふみや
骨折は最後の段で松ぼくり　村中よこ
バジル喰虫うち果す遅日なり　村山糸江
釣糸をたぐれば井守また井守　村山惠美
淡雪や妹の髪は柔らかい　芽日火
水仙をせっつく母と越前の青　も風
鯛焼割る二言目には彼のこと　百七
ガス台磨く歳末の誕生日　杜炎
もう少し歩こう目印はミモザ　森田正枝
ＳＮＳの自由不自由檸檬切る　森中ことり

消ゆる恋ごとにまた増ゆる幽霊　森のしずく
伊予灘の光まつすぐ夏料理　森野みつき
遠雷や眠る児のへそしまう夜半　森本裕子
流されて流れを生きる海月かな　森山巧貴
木洩日のカーテンゆらす額の花　森山玲子
脱走の囚人あぶりだす畦火　もんちゃん
ひそひそと子らがしやがむや木下闇　柳沼元子
冬の梅小さな恋のうた歌ふ　八木乃由希
こんばんは玄関で待つ蟇　八木実
たいやきをはらからたべるお母さん　八島清麟
夏服の先生少し優しくて　八島鳳華
秋潮やドクターヘリは祖父をのせ　八島裕月
尼寺や銀杏拾う呵呵三人　野草庵
端居して爪切る音の響きけり　柳咲八
アスファルトに摘むに摘めないたんぽぽや　柳原恵津子
ワームホールの式書き写す酷暑かな　八幡風花
吾も父も母に慣らつて寝正月　山内三郎
鳳仙花白を咲かせて友逝きぬ　山内英子
初孫や祖母の手のしわ天瓜粉　山尾真理
知らず知らず生まれて死ぬや雪蛍　山川賢茶
白靴や夢でも君は優等生　山口絢子
すい〳〵と待合室を鬼やんま　山口俊之
春宵へ朗々平家物語　山口晴美
夜半の夏湯宿の鯉は眠りをり　山口秀子

誘蛾灯午前零時の駐車場　山﨑屋モモ子
躙口や出ればすなほな春の雲　山城道霞
蚰蜒謳ふカンブリア爆発の謳　山田悳洋
鐘楼に響く残り香冬の梅　山田哲三
あかつきのストーブ電車くになまり　山つつじ
新藁やハイジのやうに眠りたし　山根祐子
繕ひて好きなセーター捨てきれず　山の日
空気笛かすかに響く秋の空　山法師
蚊帳の上届かぬボールはしゃぐ子ら　山本真喜
春灯や阿修羅の像の幾重にも　山本眞名井
痩せ畑に蜜柑の花は賑やかに　矢守美智子
修繕工事音の加わる西日　やよい
兄からの暗号解けぬ夏の果　唯果
酢ヶ湯の湯白く澱みてかすみけり　結城碧都
檸檬植う都会の畑期限付き　結子
後退り蝮睨まれ泥まみれ　遊水夏
鹿鳴くやカップスープに澱光る　夕虹くすん
桜蕊降るマスカラはもうつけず　有野安津
肩組めば案山子のとなりうりふたつ　祐芙美
参拝の木々の向こうに蟇　由香
姿見に暮らす幽霊今日は留守　柚季
深海へ桜蘂降る吐息かな　雪だるま
サーカスの獅子の諦め春の闇　雪椿
子と眺む毒餌を運ぶ蟻の列　雪のこだま

鬼が行く隠れんぼ見る日向ぼこ　由木実枝
光る朝瀬戸の氷柱は小指ほど　ゆきんこ
藁塚や男子の歌の立つクラス　ゆすらご
マイセンの皿に諸粥くったくた　ゆめみ
歳末や集めて願う五円玉　酔う子
秋澄みて影絵のきつね跳ねにけり　陽光
三月や解除区域に就く甥よ　与儀友子
焼芋屋「新世界より」流しをり　与儀米寿清
物好きよまた釣堀に雨合羽　横山雑煮
秘密基地蚊帳の内外子等の声　横山寿美子
アスファルトS字に錆し蚯蚓なり　吉川ゆうこ
山奥にテレビの取材鹿鳴けり　よしざね弓
蝙蝠や逆さに映る世の愉し　吉澤奨
夫と吾の靴音揃ふ後の月　吉田暁美
春の夜やハートのピノにピック刺す　吉田かのこ
レクイエム小鳥も聞く春2病棟　吉田羊
相続がなんだかんだと夜半の夏　吉永玲子
残雪やスマホ向こうの父の声　吉野花菜
春の雪折り紙で折るうさぎかな　よしみ
合わぬ歯を放り投げたる半夏生　吉村えりの
一人風呂百足虫見つけて沈黙す　ヨッシコータロー
ゆるゆると夕日はりつく金魚玉　よねこ
蚕様桑食べ終えて眠りこむ　乱方
赤鼻とからかはれたり白息に　らん丸

スイーパー決めた魔球よ春の星　りあん
漆喰に染みの広がり晩夏光　理佳おさらぎ
鍛金の三打一拍夏蜜柑　栗庵
朝寒や暖簾の藍の匂いたる　リホウ
三頭身小さき鼻に天瓜粉　麟
てのひらに吸ひつく春の耳の奥　鈴奈
夏めくやでかい水筒登校す　凛ひとみ
お三時は薄皮饅頭春の雪　レオノーレ・オオヤブ
白息や君の背中を追いかけて　檸檬
混声の大人びた声卒業歌　れんげ草
ががんぼよ濁点どこに付けてるの　ろん
早退の子と歩く道雲雀鳴く　和韻
肩掛を編み終し母百寿なり　若林淑恵
荒星に照らさる波の仕業なり　脇本修
即席の虫籠となる野球帽　和久瀬奏
蚊帳はずし「ゴリラ」捕ったとはしゃぐ子ら　吾子
ひゅうひゅうと雪吊縄の泣きおりて　わたなべあきみ
花曇りたんすに眠る博多帯　渡部タズヨ
着ぐるみのヒーロー日雷の黙　笑笑うさぎ

もう一歩

お正月かしかりなしのおたのしみ　赤坂房江
馬鈴薯のくぼみに目鼻芽も生える　秋桜
匂はしき句友の女装夜半の夏　あらい

白梅よ群れる繡眼児よ鍬の音　安藤岳葉
ピーマンの苦みが好きでよく食べる　いそだ
風船を追う風船を追う風船を　板橋久美子
三枚の毛布乾ききる酷暑　井上野蕾
蕎麦すする酷暑蟬との協奏曲　右亜
幽霊は「心の不思議」哲理門　梅木美津江
風邪見舞牛乳瓶へ盛るミモザ　梅里和代
ひたい落つる汗稲穂実となれ田草取　大熊みどり
エンディング友の文焼く秋の風　大友美代子
いざ球場赤き人波半夏生　大濵純
墓参り先祖しのぶや沙羅の花　大森健市
水打ってあかとんぼ呼ぶ駐車場　丘るみこ
軽晃の子や祖父母やうやう大仏殿　奥伊賀サブレ
苔庭に落ちし椿の緋のごとし　おのついこ
寒夕焼仕事の窓に光る雪　佳々子
秋寒や枯れ葉降り積むプール園　霞葛
ダンボ飛び子らも舞う空夏来る　金澤玲子
やうやうにくれなゐほどき牡丹の芽　金子月明女
月光を吸ひて真白き藤の花　カノンくみ
台所草芳しくおやつ餅　亀井通
椿赤雄蕊の黄色鳥を呼ぶ　亀くみ
北窓開く待っててくれた風がいた　亀田かつおぶし
アーケードくすす玉のもれ冬浅し　狩谷わぐう
リラの花紫大好き姪っ子ちゃん　川口聡美

ラーメン屋壁扇風機湯気散らす　きべし
みせないよ泣く子鼓虫ほらあそこ　久木野久雄
ひとひらへ込めるひとつぶ落し文　沓戸来人
かけ回る子夏の果に筆走る　くのゆう
「らんまん」で草花愛でる秋隣　栗林義尚
いうれいの列に割り込むラーメン屋　小だいふく
セーターの汚れた裾も退院も　小鮒由美子
虫かごのふたに蛾ブウォウォとぶじゅんび　小物打楽器
古雛や道具なき手の仕り　笹井登喜子
炎天下だらり昼寝の青ゴーヤ　貞井俊哉
泥臭の泡のポコポコ燕来る　皐月姫
夏の果荷詰めのトリは塩むずび　さとみ
ジャンプ台緑見えだす遅日かな　佐野ッチ
我が家の夏料理さほど冷えおらず　小夜灯子
立体駐車場くるくる藤藤　島田雪灯
春の色療養終えて運転中　下のごうこころ
ちゃんちゃんこトグルに亡き犬の歯痕　秋星
あご天と上向く子等に天瓜粉　樹魔瑠
姉に子に雛のありて春の雲　順
部屋の隅煙い熱いの二日灸　ジュンコ
八十路過ぎ白梅愛でるありがたさ　庄古克也
凍て橇の道産子放屁暖かし　高石蓬莱
遠雷や無為無策なり余命聞く　高本蒼岑
集団登校ふざけて楽し雪つぶて　谷釣浩

鈴虫や応答せよと月に鳴く　玉水
昼顔は庭いちめんに空家なり　千津子
けん玉が宙を舞う孫秋の空　千鶴
草いきれ君の心の木下闇　月羊駱駝
見逃しのバットの返へす晩夏光　トヨさん
蚊帳釣りて隣りに従兄弟里帰り　虎だんじり
九十三才の母ディサービスにいく秋の風　どんぐりばば
自転車で転んだ扇風機浴びる　長月晴日
紺ズボン誤審を防ぎ晩夏光　中村恒夫
横目に観音おでん屋の暖簾　夏しのぶ
夏富士や頂上三度ふもと酷暑　夏山としひこ
夏の果溶けたアイスを頬張る子　南部北斗
半巾の目に痛き白一周忌　花岡貝鈴
春まつや父母の笑み包まれし　浜本直子
昔から馬鈴薯顔の人が好き　春海のたり
春園や砂場にダムと城が建つ　平野ひだまり
蛍火よ立ち止まるなと音の列　寛
青海苔と母の赤い手白いめし　ヒロリンおばさん
鉄棒に忘れTシャツ春暑し　ファンティン
酷暑昼高齢者麻雀大会　福本かよ
北口で空見上ぐ人燕の巣　藤井春
白南風や洗濯物は団地の帆　黒子
初午やチーンとはじく茶碗売り　堀輝子
波乗眺めパンケーキ滑るバター　美月舞桜

風呂上がり首夏の卓には冷し酒　三華ゆめ
初午や稚児行列に足取られ　茂木星江
服の中螇蚸じりじり北千住　桃色弥生
日曜日ありの行れつ見つけたよ　森岡澪
手拭の被りを取って花八手　森反真子
何かいた？なぜか栗立つ木下闇　柳沼美保
童心の夢中に拾う甘い栗　やのかよこ
春の空男の料理門たたき　山口華翔
あすは人手北窓開く実家守　山口夏葉
寒暁や除雪終えたかカラカラと　渡邉志郎
三伏に、田んぼの緑はまつすぐと　渡辺蓉子

索引

夏井いつき（なつい いつき）

昭和32年生まれ。松山市在住。8年間の中学校国語教諭経験の後、俳人へ転身。「第8回俳壇賞」受賞。俳句集団「いつき組」組長。創作活動に加え、俳句の指導にも力を注ぎ、俳句の授業〈句会ライブ〉や、全国高等学校俳句選手権「俳句甲子園」の創設に関わるなど活動中。松山市公式俳句サイト「俳句ポスト３６５」、朝日新聞愛媛俳壇、愛媛新聞日曜版小中学生俳句欄など多くの選者を務める。『プレバト!!』（毎日放送系）など、テレビ・ラジオの出演多数。２０１５年より俳都松山大使。２０２０年よりYouTube『夏井いつき俳句チャンネル』をスタート。著書に、『夏井いつきのおウチde俳句』（朝日出版社）、『句集伊月集　鶴』（朝日出版社）、『夏井いつきの世界一わかりやすい俳句の授業』（ＰＨＰ研究所）、『瓢簞から人生』（小学館）、『食卓で読む一句、二句。』（ワニブックス）など多数。

2024年版 夏井いつきの365日季語手帖

2023年12月25日　初版第1刷発行

発行者　安澤真央
発行　株式会社レゾンクリエイト
〒101-0054
東京都千代田区神田錦町1-16-1
いちご神田錦町ビル10階
電話　03-5207-2455
発売　日販アイ・ピー・エス株式会社
〒113-0034
東京都文京区湯島1-3-4
電話　03-5802-1859

デザイン　SPAIS（熊谷昭典　吉野博之）
イラスト　なかむら葉子
執筆協力　ローゼン千津　美杉しげり　八塚秀美　家藤正人
編集　レゾンクリエイト
編集協力　夏井&カンパニー（篠崎ふみ　矢野薫）
校正　早瀬文
印刷・製本　株式会社シナノ

ISBN978-4-9909928-8-0

広告コピーってこう書くんだ！読本〈増補新版〉

発行日　2024年4月11日　初版

著者　谷山雅計
発行者　東 彦弥
発行所　株式会社宣伝会議
東京本社
〒107-8550　東京都港区南青山3-11-13
tel.03-3475-3010（代表）
http://www.sendenkaigi.com/
編集　松永光弘
装丁　水口克夫、尾﨑友則
印刷・製本　シナノ書籍印刷株式会社

ISBN 978-4-88335-602-7